旅の人 芭蕉《ばしょう》ものがたり

楠木《くすのき》しげお　作
小倉《おぐら》　玲子《れいこ》　絵

◈口絵写真に添えて◈

1　**蓑虫《みのむし》の音《ね》を聞きに来《こ》よ草の庵《いお》**

芭蕉の門人服部土芳の草庵。庵の名は芭蕉が贈ったこの句に由来している。

2．3　藤堂藩32万石の支城・昭和10年に再建された。

4　上野市駅前に建てられている芭蕉翁像の原型。二科会員大西金次郎作。

5　昭和17年、芭蕉生誕300年祭にあたって建てられた。芭蕉の旅すがたをかたどったものだという。

6　**行く春や鳥啼《な》き魚《うお》の目は涙**

7　**木啄《きつつき》も庵《いお》はやぶらず夏木立**

8　**暫時《しばらく》は滝に籠《こも》るや夏《げ》の初《はじめ》**

9　**田一枚植ゑて立ち去る柳かな**

芭蕉は「道のべに清水流るる柳かげしばしとてこそ立ちどまりつれ」と詠んだ西行をしたって、ここをおとずれた。

10　**桜より松は二木《ふたき》を三月《みつき》越《ご》し**

昔から二木の松として歌などに詠まれた名高い歌枕。

11　断崖絶壁にはばまれて道がなく、人々は波打ち際を通行したが、波の荒いときには、親は子を、子は親をかえりみるひまもなかった北陸道第一の難所。

12　**月清し遊行《ゆぎょう》のもてる砂の上**

「けいの明神《みょうじん》に夜参《やさん》す。仲哀《ちゅうあい》天皇の御廟《ごびょう》也。社頭神《かん》さびて、松の木《こ》の間《ま》に月のもり入《いり》たる、おまへの白砂、霜を敷《しけ》るがごとし。…………」

13　**蛤《はまぐり》のふたみにわかれ行く秋ぞ**

細道の旅はここで終わるが、芭蕉は大垣から船に乗り、伊勢の遷宮《せんぐう》を拝みに行く。

14　**石山の石より白し秋の風**

「奇石《きせき》さまざまに、古松植《こしょううえ》ならべて、萱《かや》ぶきの小堂、岩の上に造りかけて、殊勝《しゅしょう》の土地也《なり》。」

15．16．17　**旅に病んで夢は枯野をかけ廻《めぐ》る**(辞世の句)

大阪で没した芭蕉の遺骸は、遺言により、義仲寺境内に埋葬された。ここには義仲、巴御前のほか、幻住庵を芭蕉に提供した門人曲翠《きょくすい》の墓もある。

18　芭蕉は元禄3年4月6日から7月23日まで、この山の庵に暮らし、ここで「幻住庵記《げんじゅうあんのき》」を書いた。

芭蕉をたずねて 1

ふるさと伊賀上野

△ 1. 蓑虫庵《みのむしあん》(上野市西日南《ひなた》町)

◁△ 2.3. 上野城

4. 芭蕉翁像(芭蕉翁記念館) ▷

△ 5. 俳聖殿

—芭蕉をたずねて2

奥の細道

△6．旅立ちの句碑
(素盞雄《すさのお》神社/東京・南千住)

△7．雲巌寺《うんがんじ》(栃木県・黒羽町)

▽8．裏見の滝(日光)

△9．遊行柳《ゆぎょうやなぎ》(栃木県・那須町芦野)

△10．武隈《たけくま》の松
(宮城県・岩沼市)

―― 芭蕉をたずねて 3

奥の細道

△ 11．親不知《おやしらず》（新潟県）

▽ 14．那谷寺《なたでら》（石川県・小松市）

△ 13．奥の細道むすびの地（大垣）

△ 12．気比《けい》神社
（福井県・敦賀市）

芭蕉ゆかりの近江湖南

▽ 16．句碑

△ 15．義仲寺《きちゅうじ》(大津市)

▽ 17．芭蕉の墓

△ 18．幻住庵《げんじゅうあん》(大津市国分《こくぶ》)の井戸

PHOTO

文化遺産をたずねる会「プライフ」
・監修／高木弘行
・写真／稲葉雄次
　　　長沼　宏

も／く／じ

はじめに

みなさんは、「俳句《はいく》」という詩を、知っていますね。

古池《ふるいけ》や蛙《かわず》飛びこむ水の音　芭《ば》蕉《しょう》

五・七・五の十七文字で作られる、世界一みじかい、日本の詩です。ことばを切りつめた俳句《はいく》にあって、大きな役割《やくわり》をはたしているのが、季語《きご》（季題《きだい》）と切れ字です。この句《く》でいえば、「蛙《かわず》」が季語で、「や」が切れ字です。

蛙《かわず》というのは、蛙《かえる》のことです。かえるを知らない人はいませんね。すぐに、かえるのいる風景がうかんでくることでしょう。かえるを見かけるようになるのは、冬眠《とうみん》からさめた、春のころです。池や川の中にたまごをうみ、おたまじゃくしがかえります。「かえる」は、春の季語です。

季節感というのは、だれにも共通のものです。また、イメージも豊《ゆた》かにひろがります。小さな俳句《はいく》を大きくふくらませてくれるのが、「季語」です。俳句《はいく》は、四季の風物《ふうぶつ》にめぐまれた、日本の風土《ふうど》に強くむすびついた詩なのです。

切れ字には、「や」「かな」「けり」などがあります。「古池や」と、句《く》を切ることによって、そこに古池のある情景《じょうけい》がうかんできます。それは、読む人によってそれぞれちがいますが、とにかく頭の中のスクリーンいっぱいに、「古池」の情景《じょうけい》がうかびます。

青く水のよどんだその古池に、ポチャンと水音《みずおと》をたてて、かえるがとびこんだのです。いっしゅん、水面には波紋《はもん》がひろがり、静けさがやぶられますが、古池はまたすぐに、もとの静けさにかえっていきます。

内容《ないよう》・意味の切断《せつだん》によって余情《よじょう》を生みだし、感動のありかを示《しめ》すのが、「切れ字」です。この句《く》は、「古池」を詠《よ》んだ句《く》なのです。

さて、「俳句《はいく》」という詩は、いつごろ生まれたのでしょうか。五・七・五・七・七の、「短歌《たんか》」という詩がありますね。これはゆいしょある日本の詩歌《しいか》で、奈良時代《ならじだい》に『万葉《まんよう》集《しゅう》』という国民的歌集《こくみんてきかしゅう》が編《あ》まれています。

平安時代《へいあんじだい》の中ごろに、歌人《かじん》のあそびとして、「連歌《れんが》」というものが行なわれるようになります。短歌《たんか》の上《かみ》の句《く》（五・七・五）をひとりが詠《よ》み、それにつづけて別《べつ》の人が、下《しも》の句《く》（七・七）を詠《よ》むのです。このくりかえしで、長くつらねていく〈長連歌《ちょうれんが》〉も登場《とうじょう》してきます。

鎌倉時代《かまくらじだい》・南北朝時代《なんぼくちょうじだい》とすすむにつれて、本来《ほんらい》の貴族的《きぞくてき》な和歌《わか》とはべつに、この「連《れん》歌《が》」がますます盛《さか》んになります。一般庶民《いっぱんしょみん》にもひろまります。

室町時代《むろまちじだい》の飯尾宗祇《いいおそうぎ》によって、「連歌《れんが》」は、規則《きそく》のうえでも内容《ないよう》のうえでも完成《かんせい》します。室町時代《むろまちじだい》のおわりには、連歌《れんが》に俳諧《はいかい》（こっけい）の要素《ようそ》をもりこんだ、「俳諧《はいかい》の連歌《れんが》」が起《お》こってきます。（のちには、「俳諧《はいかい》」とだけよばれます。）

こうして一般大衆《いっぱんたいしゅう》が、親《した》しみやすい自分たちの詩歌《しいか》を手にしたのですが、それは、卑《ひ》近《きん》でこっけいなものをねらった、〃おかしみの文学〃でした。「俳諧《はいかい》」（俳句《はいく》）から、「おかしみ」をぬきとり、純粋《じゅんすい》な詩にまで高めたのが、江戸時代《えどじだい》の松尾芭蕉《まつおばしょう》なのです。

ほんとうの俳句《はいく》は芭蕉に始《はじ》まるといえるのです。〝俳聖《はいせい》〟とあがめられる、松尾芭蕉の生涯《しょうがい》をたどってみることにしましょう。

1　俳諧好《はいかいず》きの少年

松尾芭蕉のふるさとは、伊賀《いが》の国上野《くにうえの》（三重県上野市《みえけんうえのし》）です。まわりを山にかこまれた上野盆地《うえのぼんち》の北寄《きたよ》りに、藤堂藩上野《とうどうはんうえの》の城下町《じょうかまち》がありました。藤堂藩《とうどうはん》は三十二万石《ごく》で、伊勢《いせ》・伊賀《いが》の二国を領地《りょうち》に持っていましたが、藩《はん》の本城《ほんじょう》は伊勢《いせ》の津《つ》（三重県津市《みえけんつし》）にあって、上野《うえの》のほうは、その支城《しじょう》でした。当時は、七千石《ごく》の藤堂采女《とうどううねめ》家が、城《しろ》をあずかっていました。

芭蕉の松尾家《まつおけ》は、上野城《うえのじょう》のすぐ東側《ひがしがわ》の赤坂町《あかさかちょう》にありました。このあたりは農家が多く、松尾家は、「無足人《むそくにん》」とよばれる、農民に近い下級武士《かきゅうぶし》の家柄《いえがら》でした。芭蕉の父・与《よ》左衛門《ざえもん》は、手習《てなら》いの先生をしていましたが、家には農地もすこしばかりありました。

芭蕉が生まれたのは、一六四四（正保元《しょうほうがん》）年です。誕生日《たんじょうび》はわかっていません。母は名張《なばり》（三重県名張市《みえけんなばりし》）の桃地氏《ももちし》からとついだ人でした。

芭蕉は、幼《おさな》いころの名を金作《きんさく》といい、兄一人《ひとり》、姉《あね》一人《ひとり》、妹《いもうと》三人の、六人きょうだいでした。姉《あね》は早くに亡《な》くなります。芭蕉は、家をつぐ立場にはない、次男坊《じなんぼう》でした。芭蕉が十三歳《さい》のときに、父与左衛門《よざえもん》が亡《な》くなり、長男の半左衛門命清《はんざえもんのりきよ》が松尾の家をつぎます。まだ二十歳《はたち》前の若《わか》い当主《とうしゅ》です。

なにぶん江戸時代《えどじだい》のことで、芭蕉の幼年《ようねん》時代については、ほとんどわかっていません。そこで、この『旅の人　芭蕉《ばしょう》ものがたり』では、十八歳《さい》の芭蕉から始《はじ》めることになります。

ここは城《しろ》の南にあたる、三筋町《みすじちょう》の窪田六兵衛政好《くぼたろくべえまさよし》方の座敷《ざしき》です。豊《ゆた》かな商人の住まいだけに、なかなか立派《りっぱ》で、庭もしゃれた感じに造《つく》られています。

俳諧《はいかい》のあそびが終わったようで、四人ほどが、たのしそうにおしゃべりをしています。

「きょうは、みなさんがたにお集まりいただいて、有意義《ゆういぎ》な句会《くかい》を持つことができました。わたしも、ますます勉強しなければ、ひとり置いていかれそうで、心配になりました。」

にこやかにあいさつをしたのは、主《あるじ》の正好《せいこう》（俳号《はいごう》）です。

「なにをおっしゃいます。この上野《うえの》ではいまのところ、正好《せいこう》さんが一番上手《じょうず》ですよ。」

「一笑《いっしょう》」の、保川弥右衛門《やすかわやえもん》です。やはり豊《ゆた》かな商人です。

「そうですとも、きょうの立句《たてく》など、ハッとさせられました。一笑《いっしょう》さんの脇《わき》もよかったです。おかげで、いい歌仙《かせん》を巻《ま》くことができました。」

松木一以《まつきいちい》がことばをそえます。

きょう彼《かれ》らが行なったのは、「連句《れんく》」です。五・七・五の長句《ちょうく》と、七・七の短句《たんく》を交互《こうご》につづけていくのです。連句《れんく》の第一句《く》目が立句《たてく》で、「発句《ほっく》」といいます。発句《ほっく》は五・七・五で、季語がはいり、切れ字もある、しっかりとした一句《いっく》です。俳諧《はいかい》では、発句《ほっく》（いまの俳句《はいく》）だけが詠《よ》まれることもあります。連句《れんく》の第二句《く》目が脇《わき》で、最後《さいご》の句《く》が挙句《あげく》（揚句《あげく》）です。歌仙《かせん》というのは、三十六句《く》から成《な》る連句《れんく》のことです。

「宗房《そうぼう》さんも、筋《すじ》がいいのか、どんどん上達《じょうたつ》していますねえ。ところで、わたしたちは、侍大将《さむらいだいしょう》の藤堂《とうどう》さまのお屋敷《やしき》での句会《くかい》に出させていただいているのですが、宗房《そうぼう》さんもいちど、おじゃましてみませんか。」

正好《せいこう》に話しかけられたのは、三人とは親子《おやこ》ほどな、小柄《こがら》できりっとした少年でした。この「宗房《そうぼう》」こそは、本編《ほんぺん》の主人公・松尾芭蕉なのです。芭蕉は実名《じつめい》を宗房《むねふさ》といいました。俳号《はいごう》はそれを音読《おんよ》みしたのです。

「そうそう、そうでしたね。蟬吟《せんぎん》さまが、わたしくらいの年で、俳諧《はいかい》をやっている者はいないかと、おっしゃられていた。宗房《そうぼう》さんなら、話し相手にもいいし、きっと若殿《わかとの》さまもよろこばれますよ。」

一笑《いっしょう》も、そして一以《いちい》も、すすめてくれました。

そのお屋敷《やしき》というのは、城《しろ》のすぐ東側《ひがしがわ》にある、五千石《ごく》の藤堂新七郎家《とうどうしんしちろうけ》です。芭蕉の家からは目と鼻《はな》の先でしたが、近寄《ちかよ》りがたい大身《たいしん》の武家《ぶけ》でした。それが、俳諧《はいかい》をやっていたおかげで、やがて、お屋敷《やしき》にうかがうようになりました。

俳諧好《はいかいず》きの若殿《わかとの》というのは、当主良精《とうしゅよしきよ》のあととりむすこ良忠《よしただ》で、芭蕉より二歳《さい》年うえでした。

正好《せいこう》たち先輩《せんぱい》と、何度か句会《くかい》に出させてもらった、あるときの帰りがけに、若殿良忠《わかとのよしただ》からよびとめられました。

「忠右衛門《ちゅうえもん》。残って話していかないか。」

「忠右衛門《ちゅうえもん》」というのは、芭蕉の、そのころのよび名です。

「はい、良忠《よしただ》さま。」
忠右衛門《ちゅうえもん》は、すぐに返事《へんじ》をしました。これまでにも、句会《くかい》の席《せき》では、考えを申《もう》しあげたりしたことはありましたが、こういう特別《とくべつ》あつかいは、はじめてのことです。
「忠右衛門《ちゅうえもん》、当家《とうけ》で働《はたら》いてくれないか。そなたと、若《わか》い者どうし、俳諧《はいかい》の道をきそい合いたいのだ。父上《ちちうえ》もりょうかいしている。台所用人《だいどころようにん》として、ぜひ、奉公《ほうこう》にあがってもらいたい。」

忠右衛門《ちゅうえもん》には、思いもかけないことでした。ありがたいおことばです。でも、ちょっぴり心配でした。

「かたじけないことですが、わたくし、料理《りょうり》の心得《こころえ》はございませんので……。」

「はっはっはっは。なにもそなたに庖丁《ほうちょう》を持てというのではない。台所の帳簿《ちょうぼ》をつけてもらえばいいのだ。はっはっはっは。」

「はは。そうでしたか。それなら、わたくしにもできそうです。帰りまして、兄に話してみます。きっとよろこんでくれるでしょう。」

「ああ。ぜひ、そう願いたい。」

そんなわけで、忠右衛門《ちゅうえもん》は、藤堂新七郎家《とうどうしんしちろうけ》の若殿良忠《わかとのよしただ》に仕《つか》えることになりました。

寛文《かんぶん》二年（一六六二）、芭蕉十九歳《さい》のときのことです。

そのころの俳諧《はいかい》は、松永貞徳《まつながていとく》（すでに世を去《さ》っていました）の流派《りゅうは》である、「貞門《ていもん》」の俳諧《はいかい》が主流《しゅりゅう》でした。想《そう》よりも形に重きがおかれ、細《こま》かい規則《きそく》がありました。そして、ことばのうえのおかしみやしゃれのようなものをねらいとしていました。

良忠《よしただ》（俳号《はいごう》は蟬吟《せんぎん》）は、貞門《ていもん》の大宗匠《だいそうしょう》で国学者《こくがくしゃ》としても名を知られた、京都《きょうと》の北村季吟《きたむらきぎん》を先生としてあおいでいました。忠右衛門《ちゅうえもん》（芭蕉）もそば近くいて、しぜんと俳諧《はいかい》の勉強をすることになりました。

廿《にじゅう》九日立春《くりっしゅん》ナレバ

春やこし年《とし》や行《ゆき》けん小晦日《こつごもり》　宗《そう》房《ぼう》

（今年《ことし》は十二月二十九日が立春《りっしゅん》だが、これは春が早く来たのか、年が早く去《さ》ったのか、どちらというべきなのだろう。）季語・「小晦日《こつごもり》」（冬）

当時のこよみは太陰暦《たいいんれき》で、一か月が二十九日（小の月）か三十日（大の月）でした。小《こ》晦日《つごもり》は、大晦日《おおつごもり》（おおみそか）（一年のおわりの日）の前の日です。

いつから春かということでは、二とおりがあります。一《ひと》つは、正月《しょうがつ》をむかえると春です。もう一《ひと》つは、立春の日から春です。ところがこの年は、こよみの関係《かんけい》で、年内《ねんない》に立春をむかえてしまったのです。そこをおもしろがっているのです。
俳諧《はいかい》の中央《ちゅうおう》である京都《きょうと》で編《あ》まれる句集《くしゅう》にも、「伊賀上野松尾宗房《いがうえのまつおそうぼう》」の句《く》が収《おさ》められるようになります。寛文《かんぶん》四年（一六六四）の『佐夜中山集《さよのなかやましゅう》』（松江重頼編《まつえしげよりへん》）の二句《く》が、最初《さいしょ》の入集《にゅうしゅう》です。

姥桜《うばざくら》さくや老後《ろうご》の思《おも》ひ《(い)》出《いで》　宗《そう》房《ぼう》

（姥桜《うばざくら》がみごとに咲《さ》いているよ。老女《ろうじょ》が、老後《ろうご》の思い出に一花《ひとはな》咲《さ》かせようと、はなやいでいるようなものであろうか。）季語・「姥桜《うばざくら》」（春）

月ぞしるべこなたへ入《い》らせ旅《たび》の宿《やど》　宗《そう》房《ぼう》

（旅のおかたよ、あかるい月を道案内《みちあんない》としてこちらへおいでくださって、どうぞお泊《と》まりください。）季語・「月」（秋）

2　蟬吟《せんぎん》に仕《つか》えて

芭蕉が新七郎家《しんしちろうけ》に仕《つか》えるようになって四年目の、寛文《かんぶん》五年（一六六五）十一月に、「貞徳翁《ていとくおう》十三回忌追善百韻俳諧《かいきついぜんひゃくいんはいかい》」が、お屋敷《やしき》で興行《こうぎょう》されました。貞門《ていもん》の祖《そ》・松永貞徳《まつながていとく》をしのんで、若殿蟬吟《わかとのせんぎん》（良忠《よしただ》）がもよおしたのです。蟬吟《せんぎん》はまえもって発句《ほっく》を詠《よ》み、それを京都《きょうと》の北村季吟《きたむらきぎん》に送《おく》り、手紙《てがみ》で脇《わき》を付けてもらっておきました。

蟬吟《せんぎん》と宗房《そうぼう》にむかえられて座《ざ》についたのは、いつもの三人でした。

野《の》は雪にかるれどかれぬ紫苑哉《しおんかな》　蟬《せん》吟《ぎん》

鷹《たか》の餌《え》ごひ（い）と音《ね》をばなき跡《あと》　季《き》吟《ぎん》

蟬吟《せんぎん》によって、発句《ほっく》と脇《わき》がひろうされました。「第三《だいさん》」（第三句目《く》）はやはり、実力《じつりょく》の正好《せいこう》です。じっと聞いていましたが、すぐさま付けました。

飼狗《かいいぬ》のごとく手馴《てなれ》し年を経《へ》て　正《せい》好《こう》

執筆《しゅひつ》（書記役《しょきやく》）が筆で紙に書きとめます。あとが付けられていきます。

兀《はげ》たはりこも捨《すて》ぬわらは《（わ）》べ　一《いっ》笑《しょう》

けふ《（きよう）》あるともてはやしけり雛迄《ひいなまで》　一《いち》以《い》

月のくれまで汲《く》むももの酒　宗《そう》房《ぼう》

この日は「百韻《ひやくいん》」ということで、発句《ほっく》から挙句《あげく》まで、百句が作られたのです。俳諧《はいかい》の

好《す》きな人たちで、なれてもいるのですが、やはり神経《しんけい》が疲《つか》れます。

「やっと巻《ま》きおえましたね。蝉吟《せんぎん》さまの発句《ほっく》に季吟先生《きぎんせんせい》の脇《わき》まで付いて、ほんとにいい句《く》会《かい》でした。」

ほっと、満足《まんぞく》の息《いき》をついたのは、正好《せいこう》です。

「みなさん、ご苦労《くろう》でした。いまは亡《な》き貞徳翁《ていとくおう》にも、いい供養《くよう》になりました。

それにしても、季吟《きぎん》先生とお手紙のやりとりしかできないのは、もどかしいことだ。いちどお越《こ》しいただけるといいのだが。」

これが蝉吟《せんぎん》の悩《なや》みであり、願いでもあったのです。

「良忠《よしただ》さま。今度《こんど》わたくしがお使《つか》いでまいりましたときに、先生にご無理《むり》を申《もう》しあげてみます。なにぶんおいそがしいお体のうえに、十八里《り》（約《やく》七十二キロ）の道のりですから、お聞きとどけいただけるかどうかわかりませんが。」

宗房《そうぼう》（芭蕉）には、あるじ蝉吟《せんぎん》の胸《むね》のうちが痛《いた》いほどわかりました。

（なんとか願いをかなえさせてあげたい。うやまいしたう季吟先生《きぎんせんせい》と、心ゆくまで俳諧《はいかい》の話をさせてあげたい。）

宗房《そうぼう》の目には、京都《きょうと》のお宅《たく》でたくさんの書物《しょもつ》にかこまれていらっしゃった、やさしいけれど威厳《いげん》のある季吟《きぎん》先生のお姿《すがた》がうかんでいました。

寛文《かんぶん》六年（一六六六）の春です。

「良忠《よしただ》さま、ご気分はいかがでしょうか。」

若殿《わかとの》は脇息《きょうそく》（ひじかけ）に寄《よ》りかかって、けだるそうに庭をながめていました。

「ああ、忠右衛門《ちゅうえもん》か。きょうはいくぶん楽なのだが、からだが弱いというのは、困《こま》ったものだ。」

新七郎家《しんしちろうけ》では、生まれた子がみんな病弱《びょうじゃく》で、兄二人《あにふたり》と姉一人《あねひとり》がすでに亡《な》くなっていました。そんな中で、ここまで成長《せいちょう》した良忠《よしただ》でしたが、ここのところ、ふせっていることが多いのです。

「お庭のさくらがきれいですねえ。城下《じょうか》の人たちも花の春にうかれております。」

「そうだねえ。花はなんといっても、さくらだ。うた心をそそられるようだ。こんなしっとりとした気持《きも》ちを、俳諧《はいかい》で詠《よ》めるといいのだが、これはやはり和歌《わか》のものだろうか。」

この良忠《よしただ》のことばに、忠右衛門《ちゅうえもん》はハッとしました。自分の心もちをうたうというよりは、おかしさを見つけだし、おもしろさを作りだすのが、いまの俳諧《はいかい》だったからです。なんだか重大《じゅうだい》なことのように思えました。とはいっても、この時点《じてん》での芭蕉に、深くこだわるだけの力は、まだありませんでした。

春がすぎたころ、良忠《よしただ》は寝《ね》ついたままになり、あぶなくなりました。

「忠右衛門《ちゅうえもん》。わたしはもういけないようだ。そなたとのこの年月《としつき》はたのしかったぞ。宗房《そうぼう》よ。これからはわたしのぶんもがんばって、いい俳諧作者《はいかいさくしゃ》になってくれ。」

「良忠《よしただ》さま、お気の弱いことを。早くよくなられて、また俳諧《はいかい》にはげみましょう。」

みんなの祈《いの》りもむなしく、若殿良忠《わかとのよしただ》（蟬吟《せんぎん》）は、とうとう亡《な》くなってしまいました。四月二十五日（いまのこよみでは、六月十日ごろ）のことです。まだ二十五歳《さい》でした。

父良精《ちちよしきよ》は、大事《だいじ》なあととりむすこの死《し》をなげき悲しみました。夫人《ふじん》の小鍋《こなべ》は、若《わか》い夫《おっと》に死なれてしまい、二人《ふたり》の娘《むすめ》と生まれたばかりの新之助良長《しんのすけよしなが》をかかえて、とほうにくれます。

二十三歳《さい》の忠右衛門《ちゅうえもん》（芭蕉）にとっても、大きなしょうげきでした。なにかと目をかけてくれた、やさしい若殿《わかとの》。なかよく俳諧《はいかい》の勉強をした、たのしい日び。あの良忠《よしただ》さまがもういないのです。ゆくゆくはちゃんとした武士《ぶし》として取り立ててもらえたかもしれないのに、それもむずかしくなりました。

良忠《よしただ》のお気に入りだったということで、その遺髪《いはつ》と位牌《いはい》を高野山《こうやさん》（和歌山県《わかやまけん》）の報恩院《ほうおんいん》に納《おさ》める使者《ししゃ》の役《やく》をつとめたあと、忠右衛門《ちゅうえもん》は新七郎家《しんしちろうけ》からひまをもらいました。

その後《ご》お屋敷《やしき》では、良忠《よしただ》の弟良重《よししげ》（十八歳《さい》）が兄のあとをつぎ、未亡人《みぼうじん》の小鍋《こなべ》を奥方《おくがた》にすることになったということでした。

奉公《ほうこう》をやめて家にさがった芭蕉には、これまでの手当も入りません。二十歳《はたち》をすぎたいい若《わか》い者ですが、兄半左衛門《はんざえもん》の世話《せわ》になることになりました。

半左衛門《はんざえもん》は、二千石《ごく》の藤堂内匠家《とうどうたくみけ》に仕《つか》えていて、妻《つま》もめとっていました。家には母親《ははおや》と、まだとついでいない末《すえ》の妹およしもいました。

居候《いそうろう》のような芭蕉のために、兄が小さなはなれを建《た》ててくれました。「釣月軒《ちょうげつけん》」と名づけて、いい勉強部屋《べんきょうべや》になります。

（将来《しょうらい》のことを考えて、武士《ぶし》としての奉公先《ほうこうさき》をさがしたものだろうか。いや、この自由なからだのままで、うんと学問をしてみたい。俳諧《はいかい》の道もきわめてみたい。そうだ、季吟《きぎん》先生のいらっしゃる、京都《きょうと》に出てみよう。）

江戸時代《えどじだい》は、都《みやこ》はまだ京都《きょうと》にありました。政治《せいじ》の中心は、幕府《ばくふ》のある江戸《えど》（東京《とうきょう》）。経済《けいざい》の中心は、米の集まる大阪《おおさか》。そのどちらにも、新しい町人《ちょうにん》の文化が芽《め》ばえていましたが、京都《きょうと》はなんといっても、日本の伝統的文化《でんとうてきぶんか》の中心です。

青年期《せいねんき》の芭蕉は、何度《なんど》となく、京都《きょうと》へ出かけていきました。そこで、俳諧《はいかい》だけでなく、国学《こくがく》や漢学《かんがく》や書《しょ》など、いろんな勉強をしました。若者《わかもの》のことですから、恋《こい》もしたことでしょう。

しばらく見かけなかったかと思うと、また、上野《うえの》の町に、句会《くかい》に出かける芭蕉のすがたがありました。町人たちのあいだで、俳諧《はいかい》はますます盛《さか》んになっています。亡《な》くなった蝉吟《せんぎん》のえいきょうもあって、俳諧《はいかい》をたしなむ武士《ぶし》もふえていました。

京都《きょうと》や江戸《えど》で出版《しゅっぱん》される句集《くしゅう》に、「伊賀上野松尾宗房《いがうえのまつおそうぼう》」の句《く》がたくさんとられるようになりました。それだけ力がついてきたのです。

「兄上《あにうえ》、わたしは江戸《えど》に出てみようと思うのです。江戸《えど》には、京都《きょうと》とはちがって、これから伸《の》びようとするおおらかさがあります。わたしのめざす俳諧《はいかい》も、新しい都会《とかい》でこそ花ひらくように思えるのです。」

「甚七郎《じんしちろう》、おまえのこころざしはよくわかるが、身寄《みよ》りもない江戸《えど》に出て、生活《せいかつ》はどう立てていくのだ。俳諧《はいかい》などで食《く》ってもいかれまいが。」

兄半左衛門《はんざえもん》の心配ももっともです。なお、芭蕉はそのころ、「忠右衛門《ちゅうえもん》」から「甚七郎《じんしちろう》」と、よび名がかわっていました。

「その点は、京都《きょうと》の北村季吟《きたむらきぎん》先生のお弟子《でし》で、江戸《えど》にいらっしゃる小沢太郎兵衛《おざわたろべえ》というお方《かた》が、めんどうをみてくださることになっています。何か仕事《しごと》をさがして、働《はたら》いてみようとも思っています。」

江戸《えど》に出ることを決《き》めた松尾宗房《そうぼう》（芭蕉）は、俳諧《はいかい》への意気込《いきご》みをみせて、寛文《かんぶん》十二年（一六七二）一月二十五日に、三十番《ばん》の発句合《はっくあわせ》『貝《かい》おほひ（おおい）』を、上野《うえの》の天満宮《てんまんぐう》（菅原神社《すがわらじんじゃ》）に奉納《ほうのう》します。

それは、郷土上野《きょうどうえの》の俳人《はいじん》三十七名（宗房自身《そうぼうじしん》もふくめて）から計《けい》六十句《く》を出してもらって、左右三十番の組み合わせをつくり、その勝負《しょうぶ》のどちらが勝《か》ちであるか、その理由づけ（判詞《はんし》）を、宗房《そうぼう》（芭蕉）が書いたのです。

「句合《くあわせ》」は俳句《はいく》のすもうのようなもので、勝《か》ち負《ま》けとともに、その理由づけのおもしろさをたのしむあそびです。

数年間《すうねんかん》の勉強の成果《せいか》がありありとあらわれて、目を見はるものがありました。当時流《りゅう》行《こう》の小唄《こうた》や流行語《りゅうこうご》などをふんだんに取り入れて、しゃれのめし、ふざけちらしています。貞門《ていもん》にありながら、貞門《ていもん》とはちがった、自由ではなやかな俳諧《はいかい》の世界を見せていました。


「それでは、行ってまいります。」

「甚七郎《じんしちろう》、からだに気をつけるんじゃよ。どうにも困《こま》ったら、またもどっておいで。」

老《お》いた母が、旅立つ芭蕉の身を案《あん》じてくれます。

「家のことは、わたしがいるから、心配はいらん。せいいっぱいやってきなさい。」

「りっぱな俳諧《はいかい》の宗匠《そうしょう》になってください。」

兄夫婦《ふうふ》がはげましてくれます。

「江戸《えど》って、どんなところなのかなあ。わたしなんか、まだ京都《きょうと》にも行ったことがない。」

うらやましそうに言ったのは、末《すえ》の妹のおよしです。

「宗房《そうぼう》さん、わたしたち上野《うえの》の俳人《はいじん》のこともお忘《わす》れにならないで、これからもご指導《しどう》ください。」

最後《さいご》に別《わか》れのことばをのべたのは、十六歳《さい》の武家《ぶけ》の少年、服部土芳《はっとりとほう》です。上野《うえの》の町には、松尾宗房《まつおそうぼう》を俳諧《はいかい》の先生としてしたう人たちが出はじめていました。土芳《とほう》はその一人《ひとり》だったのです。

「一流《いちりゅう》の俳諧師《はいかいし》をめざして、しっかり勉強してまいります。みなさん、お達者《たっしゃ》で。」

こうして、寛文《かんぶん》十二年（一六七二）の春、二十九歳《さい》の芭蕉はふるさと伊賀上野《いがうえの》をあとにして、江戸《えど》へと下《くだ》っていきました。荷物《にもつ》の中には、大切な『貝《かい》おほひ（おい）』の原稿《げんこう》がありました。

3　江戸《えど》の宗匠《そうしょう》・桃青《とうせい》

そのころの江戸《えど》は、徳川幕府《とくがわばくふ》がひらかれてからまだ七十年ほどで、四代将軍家綱《よんだいしょうぐんいえつな》の時代《じだい》でした。

東海道《とうかいどう》を下《くだ》って江戸《えど》に出た芭蕉は、日本橋本船町《にほんばしほんふねちょう》（中央区《ちゅうおうく》）の名主《なぬし》、小沢太郎兵衛《おざわたろべえ》（俳号《はいごう》は卜尺《ぼくせき》）方《かた》にやっかいになります。京都《きょうと》の北村季吟《きたむらきぎん》のもとに出入りしていて知り合ったのですが、卜尺《ぼくせき》は若《わか》い芭蕉に好意的《こういてき》で、いろいろとめんどうをみてくれます。のちには、芭蕉の弟子《でし》になります。

江戸《えど》での芭蕉は、『貝おほひ《かいおおい》』を自費出版《じひしゅっぱん》したり、高野幽山《たかのゆうざん》という有力俳人《ゆうりょくはいじん》の執筆《しゅひつ》（書記役《しょきやく》）になったりして、俳諧師《はいかいし》への道を歩《あゆ》みはじめました。

「やあ、桃青《とうせい》さん、風虎《ふうこ》さまのお屋敷《やしき》へお出かけですか。」

「そういう信章《しんしょう》さんの足も、おなじところへ向かっていますね。」

芭蕉は、「宗房《そうぼう》」から「桃青《とうせい》」へと、号《ごう》をかえていました。唐《とう》（中国《ちゅうごく》）の詩人李白《しじんりはく》に対《たい》してのものだとも、『詩経《しきょう》』（中国最古《ちゅうごくさいこ》の詩集《ししゅう》）の桃夭篇《とうようへん》にある、「桃之夭夭《もものようようたる》　其葉《そのは》蓁蓁《しんしんたり》」（桃《もも》の木の若《わか》わかしくつやつやとしたのに　葉がしげしげと繁《しげ》る）によったものだともいわれています。母の桃地氏《ももちし》にちなんだということも考えられます。

もう、ちょんまげ姿《すがた》ではなく、撫付《なでつ》け髪《がみ》の俳諧師《はいかいし》スタイルです。

いっぽうの山口信章《やまぐちしんしょう》は、甲斐《かい》（山梨県《やまなしけん》）の金持《かねも》ちのむすこで、京都《きょうと》に出て、はば広い教養《きょうよう》を身につけていました。俳諧《はいかい》は芭蕉とおなじ季吟門下《きぎんもんか》で、芭蕉生涯《しょうがい》の親友《しんゆう》だった人です。のちに「素堂《そどう》」と号して、あの有名な初夏《しょか》の句《く》、

目には青葉山ほととぎす初鰹《はつがつお》　素《そ》堂《どう》

（目には一面の青葉がひろがり、ほととぎすの鳴く声が聞こえ、また、初《はつ》がつおのおいしい初夏《しょか》のころである。）季語・「青葉」「ほととぎす」「初鰹《はつがつお》」（夏）

を詠《よ》みます。

二人《ふたり》がうかがおうとしていたのは、磐城《いわき》平《たいら》（福島県《ふくしまけん》）七万石《ごく》の藩主内藤風虎《はんしゅないとうふうこ》の、赤坂溜池《あかさかためいけ》（港区《みなとく》）にある江戸藩邸《えどはんてい》です。有名な文学大名《だいみょう》で、若殿《わかとの》の露沾《ろせん》とともに俳諧《はいかい》に熱心《ねっしん》でした。そこでお屋敷《やしき》には、実力《じつりょく》のある俳人《はいじん》が出入りしていたのです。

「大阪《おおさか》では、西山宗因《にしやまそういん》という宗匠《そうしょう》の、新しい俳諧《はいかい》が盛《さか》んになっているようですね。」

桃青《とうせい》（芭蕉）が話しかけます。

「わたしたちは季吟《きぎん》先生の門で、貞門風《ていもんふう》の俳諧《はいかい》をやってきたわけですが、そろそろ行きづまってきたようです。その宗因《そういん》という人の『談林《だんりん》』の俳諧《はいかい》は、ことばのおかしみじゃなくて、庶民《しょみん》の生活《せいかつ》を詠《よ》んだ内容《ないよう》のうえのおかしみで、なかなか人気《にんき》があるようです。いまのわたしたちの悩《なや》みに答《こた》えてくれるものかもしれません。」

二《ふた》つ年うえで、よく勉強もしている信章《しんしょう》が、俳壇《はいだん》の流れを分析《ぶんせき》してくれます。

その西山宗因《にしやまそういん》が、延宝《えんぽう》三年（一六七五）五月に、江戸《えど》へやってきました。文学大名内《だいみょうない》藤風虎《とうふうこ》にまねかれたのです。宗因《そういん》は七十一歳《さい》の老齢《ろうれい》でしたが、新風《しんぷう》のリーダーだけあって、意欲《いよく》がみなぎっていました。

本所猿江《ほんじょさるえ》（墨田区《すみだく》）の大徳院《だいとくいん》でもよおされた、宗因歓迎《そういんかんげい》の百韻興行《ひゃくいんこうぎょう》に、三十二歳《さい》の桃青《とうせい》（芭蕉）も、連衆《れんじゅ》（連歌《れんが》、俳諧《はいかい》の興行《こうぎょう》に集まって詠《よ》みあう人びと）の一人《ひとり》に加えてもらえたのです。

風虎邸《ふうこてい》に出入りしている、高野幽山《たかのゆうざん》、小西似春《こにしじしゅん》、山口信章《やまぐちしんしょう》も一座《いちざ》していました。

（わたしが『貝おほひ《おおい》』で、貞門《ていもん》とはちがった自由ではなやかなものをつかんだのは、この「談林《だんりん》」の世界に足をふみ入れていたのだ。）

それからの芭蕉はすっかり、談林風《だんりんふう》にとりつかれてしまいました。

信章《しんしょう》もおなじでした。そして江戸全体《えどぜんたい》が、談林風《だんりんふう》にぬりこめられてしまったのです。

翌延宝《よくえんぽう》四年春に、桃青《とうせい》と信章《しんしょう》は、談林風《だんりんふう》の「両吟二百韻《りょうぎんにひゃくいん》」を巻《ま》いて天満宮《てんまんぐう》に奉納《ほうのう》し、『江戸両吟集《えどりょうぎんしゅう》』として出版《しゅっぱん》しました。

この年の新春《しんしゅん》に、桃青《とうせい》（芭蕉）はつぎの句《く》を詠《よ》んでいます。

天秤《てんびん》や京《きょう》江戸《えど》かけて千代《ちよ》の春　桃《とう》青《せい》

（ちょうど天秤《てんびん》にかけたように、天子《てんし》さまの京都《きょうと》と将軍家《しょうぐんけ》の江戸《えど》とがうまくつりあって、

平和な千代の春をむかえることができた。めでたいことだ。）季語・「千代の春」（新年）

町人《ちょうにん》の商売道具《しょうばいどうぐ》である「天秤《てんびん》」を出してきたところが、談林調《だんりんちょう》です。

「松尾桃青《まつおとうせい》」の名が、江戸《えど》の俳人《はいじん》たちのあいだに知られるようになりました。もう弟子《でし》も、何人かいました。のちに「蕉門十哲《しょうもんじってつ》」（芭蕉門下《もんか》の十人のすぐれた俳人《はいじん》）にかぞえられる、宝井其角《たからいきかく》（芭蕉より十七歳年少《さいねんしょう》）、服部嵐雪《はっとりらんせつ》（十歳《さい》年少）、杉山杉風《すぎやまさんぷう》（三歳《さい》年少）や、松《まつ》倉嵐蘭《くららんらん》（三歳《さい》年少）といった人たちが、すでに入門《にゅうもん》していました。

とくに杉風《さんぷう》は、幕府御用達《ばくふごようたし》の魚問屋《うおどんや》「鯉屋《こいや》」のあるじで、師弟《してい》の関係《かんけい》にはありましたが、芭蕉にとっては、いろいろと経済的《けいざいてき》な援助《えんじょ》をしてくれた人です。

芭蕉ははじめのころ、日本橋小田原町《にほんばしおだわらちょう》（中央区《ちゅうおうく》）の杉風《さんぷう》の家にもおいてもらいました。いまは借家住《しゃくやず》まいです。

俳諧師《はいかいし》としてやっていけそうだという自信《じしん》を持った芭蕉は、延宝《えんぽう》四年（一六七六）六月に、江戸《えど》へ出てからはじめての帰郷《ききょう》をします。

足かけ五年ぶりの、ふるさと伊賀上野《いがうえの》です。

東海道《とうかいどう》を足でたどり、句《く》を詠《よ》みながら帰ってきましたが、伊賀《いが》はさすがに静かな山国です。

「ただいま。甚七郎《じんしちろう》がもどりました。」

赤坂町《あかさかちょう》の家に着いて、中へ声をかけると、

「ようこそお帰りじゃ。ひさしかったのう。」

まっ先に出てきたのは、母でした。ほとんどまっ白の、しらが頭です。撫付け髪《なでつけがみ》のむすこにいっしゅんとまどったようですが、数年《すうねん》ぶりの対面《たいめん》に、よろこびの涙《なみだ》をうかべます。

「よく帰ったなあ。さあ、あがってくれ。」

兄もきげんよく出むかえてくれました。兄よめと、おいの又右衛門《またえもん》もいっしょです。ちょっぴりさびしい気がしたのは、妹のおよしがよめにいって、姿《すがた》がなかったからでしょう。

はなれの「釣月軒《ちょうげつけん》」で寝起《ねお》きをしていると、それぞれ商家《しょうか》にとついでいた三人の妹が、おおいに顔《かお》をみせました。にぎやかな子連《こづ》れで、なんとおよしまでが、小さな男の子の手をひいていました。

かつて新七郎家《しんしちろうけ》に仕《つか》えていたときの家臣仲間《かしんなかま》だった、高畑市隠《たかはたしいん》の家にまねかれました。

富士《ふじ》の風や扇《おうぎ》にのせて江戸土産《えどみやげ》　桃《とう》青《せい》

（さわやかな富士《ふじ》の風を扇《おうぎ》にのせて、江戸《えど》のみやげにすることだ。）季語・「扇《おうぎ》」（夏）

という、みやげの句《く》を立句《たてく》として、二人《ふたり》で歌仙《かせん》を巻《ま》きました。

五千石《ごく》の藤堂玄蕃家《とうどうげんばけ》に仕《つか》える、山岸半残《やまぎしはんざん》という三百石取《こくど》りの武家《ぶけ》にもまねかれ、歌仙《かせん》を巻《ま》きました。半残《はんざん》はやがて芭蕉の弟子《でし》になります。

桃青《とうせい》（芭蕉）は、こよみの上ではもう秋の、七月二日に故郷《こきょう》をはなれます。六月二十日から、十日あまりの滞在《たいざい》でした。

江戸《えど》の俳人《はいじん》たちのあいだで、その力を認《みと》められるようになった桃青《とうせい》（芭蕉）は、延宝《えんぽう》五年（一六七七）春に、万句《まんく》（百韻百巻《ひゃくいんひゃっかん》）興行《こうぎょう》のデモンストレーションを行《おこ》なって、宗匠立机《そうしょうりっき》（俳諧師《はいかいし》が宗匠《そうしょう》として独立《どくりつ》すること）をしました。いよいよ、俳諧《はいかい》の先生として、名のりをあげたのです。

宗匠《そうしょう》は句会《くかい》の席《せき》にまねかれて、句《く》の批評《ひひょう》をしたり、直《なお》してあげたりします。この点者《てんじゃ》（俳諧《はいかい》に評点《ひょうてん》をつける人）としての仕事（点業《てんぎょう》）には、お礼《れい》（点料《てんりょう》）がもらえます。

宗匠《そうしょう》はこの収入《しゅうにゅう》によって生活していくのですが、桃青《とうせい》はまだなりたてですから、とても点料《てんりょう》だけでは暮《く》らしていけません。

芭蕉（桃青《とうせい》）は、延宝《えんぽう》五年から八年までの四年間、小石川関口《こいしかわせきぐち》（文京区《ぶんきょうく》）の水道工事（「神田上水《かんだじょうすい》」の修復《しゅうふく》）のアルバイトをしました。ときどき出向《でむ》いていって、事務《じむ》の仕事をしたのです。

宗匠《そうしょう》としての桃青《とうせい》の活動《かつどう》はいよいよ活発《かっぱつ》になります。江戸《えど》での大きな句会《くかい》にもたびたび出席《しゅっせき》し、つぎつぎと編《あ》まれる句集《くしゅう》に、たくさん句《く》が収《おさ》められます。

延宝《えんぽう》五年冬から六年春まで江戸《えど》に滞在《たいざい》した、京都《きょうと》の宗匠《そうしょう》・伊藤信徳《いとうしんとく》をむかえて、信《しん》章《しょう》（素堂《そどう》）と三人で、三つの百韻《ひゃくいん》を巻《ま》いたりします。これは『江戸三吟《えどさんぎん》』と題《だい》して、三月中旬《ちゅうじゅん》に京都《きょうと》で出版《しゅっぱん》されます。

その第二の発句《ほっく》（立句《たてく》）が、

あら何《なん》ともなやきのふ(う)は過《す》ぎてふくと汁《じる》　　桃《とう》青《せい》

（ああやれやれ、なんともなくてよかったよ。きのう、ふぐ汁《じる》を食《く》って、あたりはしないかと一晩《ひとばん》びくびくしたのであったが。）季語・「ふくと汁《じる》」（冬）

という句《く》でした。ふぐ汁《じる》の毒《どく》にあたらなかったことをおかしく詠《よ》んだもので、「あら何ともなや」という、謡曲《ようきょく》によく使われる語《ご》を取り入れたところが、談林風《だんりんふう》です。

延宝《えんぽう》八年（一六八〇）四月に、意気《いき》あがる弟子《でし》たちが、『桃青門弟独吟二十歌仙《とうせいもんていどくぎんにじっかせん》』を出版《しゅっぱん》しました。名をつらねた二十一人（追加《ついか》をふくめて）の中には、杉風《さんぷう》・嵐蘭《らんらん》・卜尺《ぼくせき》・嵐雪《らんせつ》・其角《きかく》などがいます。

宗匠《そうしょう》・桃青《とうせい》は、江戸《えど》の代表的な点者六名の中に入り、また、三都《さんと》（京都《きょうと》・江戸《えど》・大阪《おおさか》）有名宗匠《そうしょう》十八名の中にかぞえられる存在《そんざい》となりました。

4　芭蕉を名のる

「坐興庵《ざきょうあん》」と名づけた、日本橋小田原町《にほんばしおだわらちょう》の借家《しゃくや》へ、町内《ちょうない》の杉風《さんぷう》がたずねてきました。手みやげはもちろん、生きのいい魚《さかな》です。

「先生、このあいだは、わたくしの『常盤屋《ときわや》の句合《くあわせ》』の判《はん》をしていただき、ありがとうございました。」

「いえいえ、杉風《さんぷう》さんの句《く》はずいぶんと進歩《しんぽ》しました。わたしもうれしく思っています。」

向かい合っていながら、二人《ふたり》ともやたらと大きな声で話しているのは、杉風《さんぷう》の耳が聞こえにくいからです。

「古典をもじるのがいまの談林風《だんりんふう》ですが、もうもじる材料がなくなった感じですね。どんどん俗《ぞく》っぽくなっていきますし……。」

「そうなのです。談林《だんりん》もそろそろ行きづまってきました。京都《きょうと》でも江戸《えど》でも、新風《しんぷう》のこころみが始《はじ》まったようです。だからわたしも、漢詩《かんし》のふんいきを取り入れたりして、新風への手さぐりをしているのです。」

杉風《さんぷう》は「なるほど、そうですか」と、何度もうなずいていましたが、

「ところで、先生。世間《せけん》では、『点料《てんりょう》を取らないおかしな宗匠《そうしょう》』だと、うわさしておりますが……。」

と、疑問《ぎもん》をなげかけます。

「そこなのですよ。杉風《さんぷう》さんは商人《あきんど》だからよくわかると思いますが、お客に対しては愛想《あいそ》よくしなければならないし、おせじもいうことになります。宗匠《そうしょう》というのは先生ではあるけれど、相手のきげんをとらないことにはやっていけないのです。

宗匠業《そうしょうぎょう》をやめて、どこか静かなところで、『荘子《そうじ》』の世界に入って、ほんとうの俳諧《はいかい》をきわめたいものだと、つくづく思うようになりました。」

『荘子《そうじ》』というのは、中国紀元前《ちゅうごくきげんぜん》の荘子《そうし》の著《ちょ》で、ありのままの自分を大切にし、すべてを自然《しぜん》にゆだねて悠《ゆう》ゆうと生きることを説《と》いています。

芭蕉（桃青《とうせい》）は、地位《ちい》もお金もいらない、自然の心の中で、生活と芸術《げいじゅつ》が一《ひと》つであるような生き方をしたい、と考えるようになっていました。

「それでしたら、川向こうはいかがでしょうか。深川《ふかがわ》には、わたくしの別宅《べったく》もございまします……。」

杉風《さんぷう》の申《もう》し出を受《う》けて、芭蕉（桃青《とうせい》）は延宝《えんぽう》八年（一六八〇）冬に、深川《ふかがわ》（江東区《こうとうく》）へ移《うつ》りました。

にぎやかな日本橋《にほんばし》から、大川《おおかわ》（隅田川《すみだがわ》）を東へこえた深川《ふかがわ》は、オギやアシがはえているじめじめしたところで、寺や武家屋敷《ぶけやしき》のほかは人家《じんか》もまばらでした。ひろびろとして静かで、富士山《ふじさん》がよく見えました。

杉風《さんぷう》は別宅《べったく》をと言ってくれましたが、芭蕉（桃青《とうせい》）はいけすの番小屋《ばんごや》を借《か》りることにしました。いけすといってもいまは使われていなくて、水が青くよどみ、古池《ふるいけ》のようになっていました。番小屋もまたあばら屋でした。すこし手直しをして、住まいらしくなった草庵《そうあん》を、芭蕉は杜甫《とほ》（中国唐代《ちゅうごくとうだい》の詩人）の詩にちなんで、「泊船堂《はくせんどう》」とよぶことにしました。

草庵《そうあん》の場所は、小名木川《おなぎがわ》が隅田川《すみだがわ》に合流《ごうりゅう》する河口《かこう》のすぐ北で、元番所《もとばんしょ》とよばれたところです。すぐ西には、「三股《みつまた》」とよばれるこの時代の月の名所がありました。隅田川《すみだがわ》が河《か》口《こう》近くでY字形《ワイじがた》に分かれるところで、八月十五夜《や》に人びとが屋形船《やかたぶね》を出して名月《めいげつ》をたのしんだところです。

江戸《えど》に出てきてから足かけ九年、三十七歳《さい》の芭蕉は、「わたしは俗世間《ぞくせけん》を捨《す》てたのだから」と、深川《ふかがわ》の草庵《そうあん》に入るにあたって、髪《かみ》を剃《そ》り落《お》とし、墨染《すみぞ》めの衣《ころも》に身をつつみました。

この年の作に、

枯枝《かれえだ》に烏《からす》のとまりたるや秋の暮《くれ》　桃《とう》青《せい》

のちに「枯枝《かれえだ》に烏《からす》のとまりけり秋の暮《くれ》」と改《あらた》める。

(枯《か》れ枝《えだ》に一羽《いちわ》のからすが寒《さむ》ざむととまっているが、それはいかにもわびしい秋の夕暮《ゆうぐ》れらしい風景だ。) 季語・「秋の暮《くれ》」(秋)

という句《く》があります。このおかしみをぬぐい去った、枯《か》れたおもむきは、そろそろ談林風《だんりんふう》から抜《ぬ》け出しかかっていたようです。

年が明《あ》けて、春めいたころ、弟子《でし》の李下《りか》がやってきました。

「先生、芭蕉の苗《なえ》が手に入りました。ここへ植《う》えておきますから。」

といって、庭のすみを掘《ほ》りおこしはじめました。

「ああ、ありがとう。それが芭蕉というものですか。苗《なえ》にしては大きいですねえ。」

「ええ、うまく育てば、一丈《いちじょう》（約《やく》三メートル）あまりにもなりますから。」

「唐《とう》（中国《ちゅうごく》）の懐素《かいそ》という書家《しょか》は、紙が買えないとき芭蕉の葉をかわりに使ったといいます。宋《そう》（中国《ちゅうごく》）の横渠《おうきょ》先生は、新しい巻葉《まきば》がひらくのを見て、勉学の意欲《いよく》をかきたてたといいます。これはほんとに、いいものをいただいた。」

芭蕉は——といっても、植物《しょくぶつ》の芭蕉ですが、中国原産《ちゅうごくげんさん》の大形多年草《おおがたたねんそう》で、バナナの木に似《に》ています。このころとしては、まだめずらしいものでした。

この李下《りか》の贈《おく》り物《もの》が、夏のはじめには、草庵《そうあん》の軒《のき》をおおうほどに丈《たけ》も伸《の》びました。

二メートルあまりのその大きな葉は、琴《こと》をかくすほどであり、琵琶《びわ》を入れるふくろにぬうことができるほどです。青い竜《りゅう》の耳のようであり、風が吹《ふ》くと、鳳凰《ほうおう》の尾《お》のように動きます。

おとずれる弟子《でし》たちが、やがてこの草庵《そうあん》を「芭蕉庵《ばしょうあん》」とよぶようになりました。あるじの桃青《とうせい》もこれに合わせて、「芭蕉庵桃青《ばしょうあんとうせい》」または、単《たん》に「芭蕉」と号《ごう》するようになりました。ここではじめて、松尾宗房《むねふさ》は「松尾芭蕉《まつおばしょう》」となったのです。天和元年《てんなかんねん》（一六八一）秋ごろのことです。

また、年よりもふけて見えた芭蕉は、このころから、尊敬《そんけい》の意味《いみ》もふくめて、「芭蕉庵《ばしょうあん》の翁《おきな》」とか、「芭《ば》蕉翁《しょうおう》」とかよばれました。

芭蕉《ばしょう》野分《のわき》して盥《たらい》に雨を聞《き》く夜《よ》かな　芭蕉

（台風が吹《ふ》きあれて、戸外《こがい》では芭蕉の葉の吹《ふ》きやぶられる音がしている。屋内《おくない》では、たらいにしたたる雨もりの音を聞く夜であるよ。）季語・「野分《のわき》」（秋）


芭蕉は自《みずか》ら求《もと》めて、この「わびしさ」にひたったのでした。

「先生、きょうは酒をお持ちしました。花見《はなみ》にはもう行かれましたか。」

たずねてきたのは、弟子《でし》の宝井其角《たからいきかく》です。

「いや、あのうかれ気分はいただけません、この庵《いおり》からながめるだけでじゅうぶんです。ちょうど人がかくれて、花のこずえだけが見えます。

酒はなによりです。ありがとう。このあいだは、山店《さんてん》さんが芹飯《せりめし》を届《とど》けてくれました。」

「それはようございました。ところで、米のほうは……。」

と、其角《きかく》は、台所の柱にかけてある大瓢《おおひさご》をゆすってみます。米びつがわりのひょうたんですが、どうやらまだだいじょうぶのようです。

「其角《きかく》さん、いま何か聞こえたでしょう。」

「えっ、なんでしょう。時の鐘《かね》ではないですね。あげひばりの鳴き声ですか。」

「いやいや、ほら、古いけすに水音《みずおと》が……。」

「ああ、あれですか。蛙《かわず》がとびこんだのですね。」

「ええ、なんでもないことなんですが、わたしは先日、あの水音にハッとしたのですよ。『蛙《かわず》飛んだる水の音』――とまではすぐにできたのですが、冠《かむり》（上五文字《かみごもじ》）をどうおいたものかと、もう何日も悩《なや》んでいるのですよ。」

「それなら先生、『山吹《やまぶき》や』とおかれてはどうでしょうか。『山吹《やまぶき》や蛙《かわず》飛んだる水の音』――なかなかいい句《く》ですね。」

「なるほど、其角《きかく》さんらしい。しかし、わたしがここでとらえようとしたのは、もっとひっそりとして、静かなおもむきなのですよ。ひとことで言えば、『わび』なのです。山吹《やまぶき》では、はなやかすぎるのです。」

其角《きかく》は師《し》の芭蕉とは対照的《たいしょうてき》に、粋《いき》で派手好《はでごの》みの伊達男《だておとこ》でした。

「おそれ入ります。俳諧《はいかい》もやはり禅《ぜん》の心でしょうか。」

芭蕉はそのころ、深川《ふかがわ》の臨川庵《りんせんあん》に滞在《たいざい》していた、常陸鹿島《ひたちかしま》（茨城県《いばらきけん》）の根本寺《こんぽんじ》の住職《じゅうしょく》・仏頂和尚《ぶっちょうおしょう》について禅《ぜん》を学び、参禅《さんぜん》していたのでした。

「わびたふぜいということで、ここはひとつ巧《たく》まずに、『古池や』とおくことにしましょう。」

芭蕉が独自《どくじ》の俳諧《はいかい》をさとった、蕉風開眼《しょうふうかいげん》の句《く》とされる、「古池や」の句《く》は、この天和《てんな》二年（一六八二）か、前年《ぜんねん》の春に、はじめの形ができたようです。そして、貞亨《じょうきょう》三年（一六八六）春までに、「古池や蛙《かわず》飛びこむ水の音」という形に定《さだ》まっていったのです。

5 旅に住む思い

天和《てんな》二年（一六八二）の秋がゆこうとするころ、三十九歳《さい》の芭蕉は庵《いおり》の一間《ひとま》で、何か工作のようなものに精《せい》を出していました。

きのうは小刀《こがたな》で竹を割《わ》っていたかと思うと、きょうはそれを組み立てているようで……。のりで紙をはっていたかと思うと、柿《かき》のしぶをひき、うるしでぬりかため……。「技術家庭《ぎじゅつかてい》」の宿題《しゅくだい》でしょうか。かれこれ二十日《はつか》近くも、これ一《ひと》つにかかりきりなのです。

どうやら、仕上《しあ》がったようです。満足《まんぞく》そうにうちながめています。菓子鉢《かしばち》にしては大きすぎるようで……、いや、ちがいました。さかさでした。頭にかぶる笠《かさ》なのです。すこしゆがんでいるようです。そこが手作りの味《あじ》わいなのでしょう。

笠《かさ》といえば、旅仕度《たびじたく》の一《ひと》つです。このときの芭蕉は、平安時代《へいあんじだい》のおわりから鎌倉時代《かまくらじだい》のはじめにかけての歌僧《かそう》・西行法師《さいぎょうほうし》や、室町時代《むろまちじだい》おわりころの旅の連歌師《れんがし》・宗祇《そうぎ》の、旅すがたやその生き方を思いうかべていました。
そして、こんな句《く》を、笠《かさ》の内側《うちがわ》に書きつけました。

世にふるもさらに宗祇《そうぎ》のやどり哉《かな》　芭蕉

（こうして世の中に生きながらえているのも、まったく宗祇《そうぎ》が言ったように「時雨《しぐれ》の宿《やど》り」のような、はかないことなのだ。わたしはあの宗祇《そうぎ》をしたって、わびしさを宿《やど》りにするのだ。）季語はかくされているが、「時雨《しぐれ》」（冬）

これは宗祇《そうぎ》の「世にふるもさらに時雨《しぐれ》のやどり哉《かな》」（こうして世を経《へ》る苦《くる》しさを重《かさ》ねているが、それは時雨《しぐれ》の過《す》ぎるのを待つ、わびしい雨宿《あまやど》りのようなものではなかろうか。）という発句《ほっく》をふまえたものです。
旅に出たい、旅に暮《く》らしたい、という思いが、芭蕉のなかにふつふつとわいてくるのでした。

「火事とけんかは江戸《えど》の花」などといいますが、木造《もくぞう》の家がたてこんでいた江戸《えど》の町はひとたび火が出ると、まといをかざした「火消《ひけし》」の出動《しゆつどう》などでは歯《は》がたたず、よく大火《たいか》になるのでした。

「振袖火事《ふりそでかじ》」とよばれる明暦《めいれき》の大火（一六五七年）や、寛文《かんぶん》の大火（一六六八年）などが知られています。

この天和《てんな》二年の暮《く》れにも大火《たいか》がありました。十二月二十八日の昼前《ひるまえ》、駒込《こまごめ》（文京区《ぶんきようく》）の大円寺《だいえんじ》から出た火はおりからの強風《きようふう》にあおられて、本郷《ほんごう》・湯島《ゆしま》（文京区《ぶんきようく》）、下谷《したや》・浅草《あさくさ》（台東区《たいとうく》）、神田《かんだ》（千代田区《ちよだく》）、日本橋《にほんばし》（中央区《ちゆうおうく》）をなめつくし、火の手は大川端《おおかわばた》に迫《せま》りました。

炎《ほのお》は両国橋《りようごくばし》を伝って本所《ほんじよ》（墨田区《すみだく》）を燃《も》えあがらせます。

火事になれば家が焼かれます。せめて家財道具《かざいどうぐ》だけでも持ち出したいと思うのは人情《にんじよう》ですが、町全体《まちぜんたい》をつつむ火事なのです、運び出す荷車や荷物が道をふさいで、逃《に》げまどう人びとが焼け死ぬことになります。そこで、幕府《ばくふ》は、家財道具《かざいどうぐ》の運び出しを禁《きん》じていました。からだ一《ひと》つで逃《に》げても、大火《たいか》になればたくさんの人が死ぬのです。

深川《ふかがわ》（江東区《こうとうく》）の芭蕉庵《ばしょうあん》にも火の粉《こ》がふりかかるようになりました。

芭蕉は人びとがそうするように、庭に穴《あな》を掘《ほ》って、家財道具《かざいどうぐ》ではなく、大切な本をうめました。

火はおそろしい勢《いきお》いで迫《せま》ります。走り出したとたんに、庵《いおり》に火がつきました。うしろは火の海です。もう逃《に》げるところがありません。つきあたった小名木川《おなぎがわ》にとびこみました。潮入川《しおいりがわ》のしょっぱい冬の波《なみ》をかぶって、からだがこごえそうにかじかみます。火だけでなく、煙《けむり》がもうもうとおし寄《よ》せます。火事ではこの煙《けむり》にまかれて死ぬ人が多いのです。川にもいくつか死体《したい》がうかんでいます。

ぬれた苫《とま》を頭にかぶって、芭蕉はやっとのことで息をつないだのでした。

見わたす江戸《えど》の町は、いちめんの焼《や》け野原《のはら》です。大名屋敷《だいみょうやしき》七十五、旗本屋敷《はたもとやしき》百六十六、寺社《じしゃ》九十五が焼失《しょうしつ》し、焼死者《しょうししゃ》三千五百名を出したのでした。

芭蕉庵《ばしょうあん》が焼《や》けてしまって、芭蕉は住《す》むところがなくなりました。たよりの杉山杉風《すぎやまさんぷう》も本邸《ほんてい》を失《うしな》い、服部嵐雪《はっとりらんせつ》などの弟子《でし》も焼《や》け出されました。

大火《たいか》のあとはいつもそうなのですが、物価《ぶっか》がおそろしくはね上がります。江戸《えど》の弟子《でし》たちのやっかいになるのも気がひけます。

弟子《でし》のひとりに、高山伝右衛門《たかやまでんえもん》（俳号は麋塒《びじ》）という、甲斐《かい》の国秋元藩《くにあきもとはん》（山梨県《やまなしけん》都留市《つるし》）一万八千石《ごく》の国家老《くにがろう》で、千二百石《ひゃっこく》を食《は》む武士《ぶし》がいました。この麋塒《びじ》がちょうど国元《くにもと》へ帰ることになり、いっしょにいらっしゃいませんかと、芭蕉をさそってくれました。

天和《てんな》三年（一六八三）の新春早《しんしゅんそう》そうから夏五月まで、芭蕉は甲州谷村《こうしゅうやむら》（都留市《つるし》）で暮《く》らしました。

師匠《ししょう》である芭蕉翁《ばしょうおう》をいつまでも、山深《やまぶか》い甲州《こうしゅう》においておくわけにはいきません。それに、江戸《えど》の弟子《でし》たちにとっても、翁《おう》がそばにいないのは、たいへん不便《ふべん》なことでした。とくに宝井其角《たからいきかく》は、蕉門《しょうもん》（芭蕉の門流《もんりゅう》）の句集《くしゅう》を編《あ》んで、自分たちの存在《そんざい》を世に知らせようとしていました。

弟子《でし》たちからの手紙で、芭蕉はまた江戸《えど》にもどりました。その芭蕉から「あとがき」をもらって、六月中旬《ちゅうじゅん》に、其角編《きかくへん》の『虚栗《みなしぐり》』が出版《しゅっぱん》されました。

それは、のちに「天和調《てんなちょう》」とか「虚栗調《みなしぐりちょう》」とかよばれることになる、漢詩調《かんしちょう》の新風《しんぷう》で、江戸《えど》の俳壇《はいだん》をおどろかせました。蕉門《しょうもん》の成長《せいちょう》を実感《じっかん》させるものでした。まだなっとくのできる「蕉風《しょうふう》」ではないものの、とうとうここまで来た、いま一歩なのだ、という感じが、だれよりも芭蕉にはするのでした。

髭風《ひげかぜ》ヲ吹《ふ》イテ暮《ぼ》秋《しゅう》歎《たん》ズルハ誰《た》ガ子《こ》ゾ　芭蕉

（秋風《あきかぜ》にひげをなびかせて、暮《く》れゆく秋を嘆《なげ》いているのは誰《だれ》であろうか。）季語・「暮《ぼ》秋《しゅう》」（秋）

『虚栗《みなしぐり》』に収《おさ》められた、漢詩調《かんしちょう》の芭蕉の句《く》です。尊敬《そんけい》する唐《とう》の詩人・杜甫《とほ》の、「秋興《しゅうきょう》詩《し》」を意識《いしき》して作られたものです。

「世にふるも」の句《く》も、『虚栗《みなしぐり》』に収《おさ》められています。

六月がおわるころ、其角《きかく》の菩提寺《ぼだいじ》である二本榎《にほんえのき》（港区《みなとく》）の上行寺《じょうぎょうじ》に身を寄《よ》せていた芭蕉のもとに、黒いふちどりのある便《たよ》りが届《とど》きました。郷里《きょうり》伊賀《いが》上野《うえの》の兄半左衛門《はんざえもん》から、この二十日《はつか》に母が亡《な》くなったことを知らせてきたのでした。

最後《さいご》に会ったのは、七年前の帰郷《ききょう》のおりです。うれし涙《なみだ》でむかえてくれた、しらが頭の母の顔《かお》がうかんできて、芭蕉は目がしらが熱《あつ》くなるのでした。

(あのときはまだ、うわついたなりたての俳諧師《はいかいし》でしかなかった。いまの自分のすがたを見ていただきたかった。いや、こんな世捨《よす》て人《びと》のむすこでは、かえってお嘆《なげ》きになったかもしれない。)

とんで帰ろうにも、いまの芭蕉には、とても旅費《りょひ》の工面《くめん》はつかないのです。

(それにしても、芭蕉庵《ばしょうあん》の焼失《しょうしつ》といい、母上《ははうえ》の死といい、この世ははかないもの、無《む》常《じょう》なものと、つくづく思い知らされる。身《み》ひとつで生きていくしかないのだ。

甲州《こうしゅう》の行き帰りに感じたのだが、旅というものは自分の俳諧《はいかい》に何かをもたらしてくれるようだ。また、旅に出たいものだ。)

旅に住みたい芭蕉でしたが、やはり師匠《ししょう》には「芭蕉庵《ばしょうあん》」を造《つく》ってさしあげねばと、杉風《さんぷう》や卜尺《ぼくせき》や其角《きかく》が相談《そうだん》して、寄付《きふ》をつのることになりました。

芭蕉の親友《しんゆう》・山口信章《やまぐちしんしょう》は、上野《うえの》(台東区《たいとうく》)の不忍池《しのばずのいけ》のほとりに隠棲《いんせい》して、「素堂《そどう》」と名のるようになっていました。

その素堂翁《そどうおう》によびかけの文を書いてもらって、「芭蕉庵再建勧化簿《ばしょうあんさいけんかんげぼ》」を弟子《でし》や知人《ちじん》たちのあいだにまわしました。

寄付《きふ》をしてくれたのは五十三名で、いまの金で二十万円ほどが集まりました。

芭蕉が新しい芭蕉庵《ばしょうあん》に入ったのは、冬のはじめでした。

おなじ元番所《もとばんしょ》とよばれるところですが、今度《こんど》は小名木川河口《おなぎがわかこう》の、万年橋南詰《まんねんばしみなみづめ》、いまの清澄一丁目《きよすみいっちょうめ》あたりです。

森田惣左衛門《もりたそうざえもん》の屋敷内《やしきない》の、貸《か》し長屋《ながや》のはしの一戸《いっこ》を改造《かいぞう》したものでした。庭には古池があり、芭蕉も植えられました。


「新しい芭蕉庵《ばしょうあん》の住みごこちはどうですかな。」

翌貞享元年《よくじょうきょうがんねん》(一六八四)の六月のある日、上野《うえの》の山口素堂《やまぐちそどう》がたずねてきました。

「このたびは勧化文《かんげぶん》ばかりか、ご寄付《きふ》までいただき、ありがとうございました。おかげでまた、ゆったりとくつろげます。」

「いやいや、あれはひどい大火《たいか》でした。上野《うえの》のわたしの草庵《そうあん》も、きれいさっぱり焼かれました。」

それでも素堂《そどう》は、甲州《こうしゅう》の実家《じっか》が裕福《ゆうふく》だったので、すぐにも再建《さいけん》できたのでした。

芭蕉庵《ばしょうあん》の内部をたどる素堂《そどう》の目が、台所の柱にかかっている大瓢《おおひさご》をとらえました。

「前にも米入れのひょうたんはあったが、こんどはおそろしくひょろ長いですねえ。」

「北鯤《ほっこん》さんからいただきました。五升《しょう》（約《やく》九リットル）は入ります。

そうだ、素堂《そどう》さんに銘《めい》をつけていただきましょうか。」

北鯤《ほっこん》というのは近くに住む弟子《でし》で、以前《いぜん》に芹飯《せりめし》をたいて届《とど》けてくれた、石川山店《いしかわさんてん》の兄です。

素堂《そどう》は芭蕉に乞《こ》われて、この大瓢《おおひさご》に「四山《しざん》」という銘《めい》を贈《おく》りました。「四山《しざん》の瓢《ひさご》」です。

「ところで芭蕉さん、大阪《おおさか》の西鶴翁《さいかくおう》は、二万三千五百句《く》の大矢数《おおやかず》をやってのけたそうですね。」

「そのようです。ただただ、あきれるばかりです。俳諧《はいかい》は数ではないのですが……。」

井原西鶴《いはらさいかく》は素堂《そどう》とおない年《どし》、芭蕉より二歳《さい》年うえで、大阪談林《おおさかだんりん》を背負《しょ》って立つ宗匠《そうしょう》でした。一昼夜《いっちゅうや》の制限時間内《せいげんじかんない》に詠《よ》んだ句数《くすう》をきそう「矢数俳諧《やかずはいかい》」というものを始めて、これまでにも千六百句《く》、四千句《く》などを残していましたが、この六月五日に、とてつもない二万三千五百句《く》を記録《きろく》したのでした。

「住吉社前《すみよししゃぜん》での興行《こうぎょう》に、こちらの其角《きかく》さんが後見役《こうけんやく》をつとめたと聞きましたが……。」

「おそれ入ります。二月ごろから上方《かみがた》へ行っていますが、はしゃぎ屋の其角《きかく》さんらしいことです。」

「いや、面目《めんぼく》ない。実《じつ》はわたしも、延宝《えんぽう》八年の四千句《く》のときには、はるばる大阪《おおさか》まで出かけたのですよ。」

素堂《そどう》は丸《まる》めて毛《け》のない頭をかきます。

「そうでしたか、これはうっかりしました。たしかに見世物興行《みせものこうぎょう》のおもしろさはありますね。」

西鶴《さいかく》は、師《し》の西山宗因《にしやまそういん》が天和《てんな》二年三月に亡《な》くなったあと、小説《しょうせつ》を書きはじめ、十月には浮世草子《うきよぞうし》の最初《さいしょ》のものである、『好色一代男《こうしょくいちだいおとこ》』を発表《はっぴょう》していました。

貞享《じょうきょう》三年（一六八六）に『好色五人女《こうしょくごにんおんな》』を発表《はっぴょう》しますが、五人女の一人《ひとり》は八百屋《やおや》お七《しち》で、話はあの天和《てんな》の大火《たいか》にまつわるものです。

――天和《てんな》の大火のおり、駒込《こまごめ》の吉祥寺《きちじょうじ》に避難《ひなん》した八百屋《やおや》の娘《むすめ》お七《しち》は、寺小姓《てらこしょう》の吉三郎《きちさぶろう》と恋仲《こいなか》になります。家にもどってからも吉三郎《きちさぶろう》のことが忘《わす》れられなくて、火事があればまた会えると思いこみ、火付《ひつ》けをします。火はすぐ消しとめられましたが、放火《ほうか》は大罪《たいざい》です。お七《しち》は火あぶりの刑《けい》に処《しょ》せられることになります。

おなじ貞享《じょうきょう》三年に、京都《きょうと》（のちに大阪《おおさか》へ移住《いじゅう》）の近松門左衛門《ちかまつもんざえもん》（芭蕉より九歳年少《さいねんしょう》）は『出世景清《しゅっせかげきよ》』という、すぐれて新しい浄瑠璃《じょうるり》を書きます。

松尾芭蕉《まつおばしょう》（俳諧《はいかい》）、井原西鶴《いはらさいかく》（浮世草子《うきよぞうし》）、近松門左衛門《ちかまつもんざえもん》（浄瑠璃《じょうるり》・歌舞伎脚本《かぶききゃくほん》）は、「江戸期《えどき》の三大文豪《さんだいぶんごう》」です。

6 『野《の》ざらし紀行《きこう》』の旅

貞享元年《じょうきょうがんねん》（一六八四）秋八月、四十一歳《さい》の芭蕉は、帰郷《ききょう》をかねた、東海道《とうかいどう》を西へたどる旅に出ます。

おともは、弟子《でし》の苗村千里《なえむらちり》です。千里《ちり》（三十七歳《さい》）は浅草《あさくさ》（台東区《たいとうく》）に住んでいた大和《やまと》（奈良県《ならけん》）の豊《ゆた》かな商人《しょうにん》で、彼《かれ》も帰郷《ききょう》することになったのでした。

紙子《かみこ》の上に茶の十徳《じっとく》を着て、頭には檜笠《ひのきがさ》、足にはわらじ、手には杖《つえ》と数珠《じゅず》。首にかけた頭陀袋《ずだぶくろ》の中の路銀《ろぎん》（旅費《りょひ》）も、すべて弟子《でし》たちのこころざしです。

野《の》ざらしを心《こころ》に風のしむ身哉《みかな》　　芭　蕉

（道に行《い》き倒《だお》れてされこうべを野辺《のべ》にさらすことになっても、と覚悟《かくご》をきめて旅立とうとするとき、秋風がひとしお身にしみることよ。）季語・「身にしむ」（秋）

自分の俳諧《はいかい》（蕉風《しょうふう》）をこの旅の中でたしかめ、しっかりとしたものにしたい、という意気込《いきご》みに、思わず身がひきしまるのでした。

これから故郷《こきょう》へ向かおうとしているのに、芭蕉にはかえって故郷《こきょう》をはなれるような気がするのです。思えば江戸《えど》に住んで、もう十数年《じゅうすうねん》になります。

箱根《はこね》（神奈川県足柄下郡《かながわけんあしがらしもぐん》）の関《せき》をこえる日は霧雨《きりさめ》がふって、芦ノ湖《あしのこ》もけむっていました。富士《ふじ》が見えないのは残念《ざんねん》ですが、かくれて見えないのもまた、おもむきのあるものです。

駿河《するが》（静岡県《しずおかけん》の東部《とうぶ》）の富士川《ふじがわ》の渡《わた》し場《ば》にさしかかると、川原《かわら》で三つばかりの子どもが泣《な》いていました。その身なりといい、あわれげな声といい、どうやら捨《す》て子《ご》のようです。

ここ数年《すうねん》凶作《きょうさく》がつづいていて、人びとは生活に困《こま》っていました。この子の親たちも、どうにも育てられなくなって、しかたなく捨《す》てたのでしょう。

冷たい秋風が萩《はぎ》の花をこぼしています。前には富士川《ふじがわ》の急流《きゅうりゅう》があります。この子の不《ふ》運《うん》な生まれつきを象徴《しょうちょう》しているかのようで、ひとしおあわれです。

猿《さる》を聞《き》く人捨子《すてご》に秋
の風いかに　芭　蕉

（猿《さる》の哀切《あいせつ》きわまりない鳴《な》き声に、腸《はらわた》をしぼり、旅の衣《ころも》のそでをぬらした詩人《しじん》たちよ、この秋風の中で泣《な》いている捨《す》て子《ご》の声をなんと聞きなさるか。）季語・「秋の風」（秋）

旅の人たちは「ああ

捨《す》て子か」といった感じで通《とお》りすぎます。芭蕉にしても、捨《す》てきって生きていく身です。拾《ひろ》って育ててやることもできません。

せめてものことにと、たもとからにぎり飯《めし》をとりだして与《あた》え、その場《ば》をはなれたのでした。

茶どころ駿河《するが》をぬけて、遠江《とおとうみ》（静岡県《しずおかけん》の西部《せいぶ》）との境《さかい》の大井川《おおいがわ》にやってきました。あいにく雨でしたが、川留《かわど》めになるほどではありません。

「江戸《えど》の人たちは、今日《きょう》あたり川越《かわご》しの日だとうわさし合っているでしょうね。」

千里《ちり》は江戸《えど》で留守《るす》をしている門流《もんりゅう》たちのことを思いうかべたようです。

江戸《えど》時代、この大井川《おおいがわ》や天竜川《てんりゅうがわ》には、橋《はし》がかかっていませんでした。大名《だいみょう》がむほんを起《お》こしたとき、江戸《えど》へ攻《せ》め込《こ》みにくいようにという、幕府《ばくふ》の考えからです。渡《わた》し船《ぶね》も禁《きん》じられ、かってに川をわたってもいけないのです。旅人《たびびと》はかならず人足《にんそく》をやとって、肩車《かたぐるま》か輦台《れんだい》でわたりました。

芭蕉と千里《ちり》はもちろん、肩車《かたぐるま》のほうでした。

大井川《おおいがわ》をこえてから、芭蕉は馬に乗りました。

その馬が道ばたでちょっと立ちどまっていたときです。馬が首を下《さ》げて、何かをぱくりと食べました。馬上《ばじょう》から見ていた芭蕉は、ハッとしました。そこにさっきまで咲《さ》いていたはずの、むくげのひと枝《えだ》が消《き》えていたのです。

道《みち》のべの木槿《むくげ》は馬にくは《わ》れけり　芭蕉

（道ばたにむくげの花が咲《さ》いていたのだが、自分の乗った馬に、その花はぱくりと食べられてしまった。）季語・「木槿《むくげ》」（秋）

芭蕉としてはハッとした、その場の情景《じょうけい》をそのままに詠《よ》んだのですが、なんとなくさわやかな満足感《まんぞくかん》がわいてくるのを感じました。あれこれ趣向《しゅこう》をこらすよりも、見たまま、思ったまま、感じたままを詠《よ》んでいくのが、かえっていいように思えるのです。

熱田《あつた》（愛知県名古屋市《あいちけんなごやし》）から海路《かいろ》「七里の渡し《しちりのわたし》」で桑名《くわな》（三重県《みえけん》）に出ました。大和《やまと》へ帰る千里《ちり》と別れて、伊勢《いせ》（三重県《みえけん》）へ向かいました。

伊勢神宮《いせじんぐう》にお参《まい》りをしようと思ったのですが、神前《しんぜん》には入れてもらえません。それというのも、芭蕉の見かけのすがたから、僧侶《そうりょ》とみられたからです。しかたなく、日が暮《く》れるのを待って、外宮《げくう》にお参《まい》りをしました。

神域《しんいき》はほの暗《ぐら》く、みあかしが所《ところ》どころに見えます。千年の杉《すぎ》にかこまれて、おごそかなたたずまいです。

伊勢《いせ》では、松葉屋風瀑《まつばやふうばく》の家に、十日《とおか》ほど足をとどめました。芭蕉をしたって集まってくる俳人《はいじん》が何人かありました。

故郷《こきょう》の伊賀上野《いがうえの》に帰りついたのは、九月八日でした。

「よう帰ったのう、八年ぶりじゃ。俳諧師《はいかいし》というよりは、世捨《よす》て人じゃなあ。翁《おきな》とよばれるだけあって、すっかりふけこみおって。」

そういう兄半左衛門《はんざえもん》も、びんは白く、眉根《まゆね》にはしわが寄《よ》っていました。

「ごぶさたをいたしました。母上《ははうえ》の位牌《いはい》をおがみとう存《ぞん》じます。」

仏壇《ぶつだん》に向かって手を合わせる芭蕉に、兄は守《まも》り袋《ぶくろ》から、紙につつんだものを取り出します。

「母上《ははうえ》の遺髪《いはつ》じゃ、おがむがよい。」

母の形見《かたみ》の白髪《しらが》を前にして、なつかしさやら、はかなさやら、熱《あつ》い涙《なみだ》が流れ落ちるのでした。

手にとらば消《き》えん涙《なみだ》ぞあつき秋の霜《しも》　芭蕉

（母の白い遺髪《いはつ》を手に取るならば、わたしの流す熱《あつ》い涙《なみだ》のために、秋の霜《しも》のようなそれは消えうせることだろう。）季語・「秋の霜《しも》」（秋）

旅のとちゅうの芭蕉は、四、五日いただけで実家《じっか》をはなれます。千里《ちり》の郷里《きょうり》、大和《やまと》の国竹内《たけのうち》（奈良県北葛城郡当麻町《ならけんきたかつらぎぐんたいまちょう》竹内《たけのうち》）にしばらく滞在《たいざい》して、当麻寺《たいまでら》にもうでたあと、ひとりで吉野《よしの》（奈良県吉野郡《ならけんよしのぐん》）へ向かいました。

吉野《よしの》は桜《さくら》の名所《めいしょ》ですが、いまは秋のおわりで、紅葉《こうよう》が山をそめています。吉野《よしの》の奥《おく》には、西行法師《さいぎょうほうし》が隠棲《いんせい》した庵《いおり》の跡《あと》がありました。

西行《さいぎょう》が「とくとくと落《お》つる岩間《いわま》の苔清水汲《こけしみずく》みほすほどもなき住居《すまい》かな」（とくとくと岩《いわ》のあいだからしたたり落ち、苔《こけ》を伝う清水《しみず》であるが、くみつくすこともないわたしの庵《いおり》暮《ぐ》らしであるよ。）と詠《よ》んだという、「とくとくの清水」は、いまもとくとくとしずくが落ちていました。

南朝《なんちょう》の後醍醐天皇《ごだいごてんのう》の御陵《ごりょう》をおがんだあと、吉野山《よしのやま》を下《くだ》り、大和《やまと》から山城《やましろ》（京都府《きょうとふ》の南部《なんぶ》）をとおって近江《おうみ》（滋賀県《しがけん》）をぬけ、美濃《みの》（岐阜県《ぎふけん》の南部）に至《いた》りました。

大垣《おおがき》（岐阜県《ぎふけん》）では、船問屋《ふなどんや》をいとなむ谷木因《たにぼくいん》（三十九歳《さい》）をたずねます。木因《ぼくいん》は大垣俳壇《おおがきはいだん》の中心的人物《ちゅうしんてきじんぶつ》で、天和元年《てんながんねん》秋に江戸《えど》に下《くだ》ったとき、芭蕉も会っており、手紙のやりとりもしていました。

大垣《おおがき》でも、芭蕉をしたう俳人《はいじん》たちが集まってきました。

木因《ぼくいん》の紹介《しょうかい》で、熱田《あつた》・名古屋《なごや》の俳人《はいじん》をたずねることになった芭蕉は、木因《ぼくいん》とともに揖《い》斐川《びがわ》を舟《ふね》で下《くだ》り、桑名《くわな》に出ます。

雪がちらついて、もう冬の十月です。

本統寺《ほんとうじ》に泊《と》まった翌朝《よくあさ》、「浜《はま》の地蔵《じぞう》」をおがみに出てみると、漁夫《ぎょふ》が網《あみ》を引きあげていました。白くすけた小さな白魚《しらうお》がはねています。

あけぼのや白魚《しらうお》白《しろ》きこと一寸《いっすん》　芭蕉

（あけぼののほの暗《ぐら》い浜《はま》で漁夫《ぎょふ》が引きあげる網《あみ》に、白魚《しらうお》がまじっている。まだ一寸《いっすん》（約《やく》三センチ）くらいだが、その白さがうかびあがって見える。）季語・「白魚」（春）または「白魚一寸《しらうおいっすん》」（冬）

白魚と蛤《はまぐり》は桑名《くわな》の名物《めいぶつ》です。

芭蕉は木因《ぼくいん》とふたりで、桑名《くわな》から海上七里《かいじょうしちり》（約《やく》二十八キロ）を熱田《あつた》へわたりました。八月に千里《ちり》とわたった、東海道《とうかいどう》「七里《しちり》の渡《わた》し」です。

熱田《あつた》の俳人《はいじん》たちの出むかえをたしかめて、木因《ぼくいん》は帰っていきました。林桐葉《はやしとうよう》（三十二歳《さい》）の案内《あんない》で熱田神宮《あつたじんぐう》に参拝《さんぱい》したり、熱田《あつた》の俳人《はいじん》たちと句会《くかい》をひらいたりしたあと、名古屋《なごや》（愛知県《あいちけん》）へ向かいました。

名古屋《なごや》には、医者《いしゃ》の山本荷兮《やまもとかけい》（三十七歳《さい》）、呉服商《ごふくしょう》の岡田野水《おかだやすい》（二十七歳《さい》）、材木商《ざいもくしょう》の加藤重五《かとうじゅうご》（三十一歳《さい》）、米穀商《べいこくしょう》の坪井杜国《つぼいとこく》（二十八、九歳《さい》）など、土地《とち》の有力者《ゆうりょくしゃ》である遊俳《ゆうはい》（専門《せんもん》の俳諧師《はいかいし》ではなく、別《べつ》に職業《しょくぎょう》を持つかたわら俳諧《はいかい》にあそぶ者）たちがいました。

彼《かれ》らの熱意《ねつい》にほだされて、芭蕉は二か月ほどとどまり、自分の考える俳諧《はいかい》（蕉風《しょうふう》）の心を説《と》きました。彼《かれ》らも、その心をよくくみとって、すぐれた連句《れんく》を詠《よ》みました。

こうして生まれた五歌仙《ごかせん》は、『冬の日』（荷兮編《かけいへん》）として出版《しゅっぱん》されます。『冬の日』は「俳諧七部集《はいかいしちぶしゅう》（芭蕉七部集《ばしょうしちぶしゅう》）」（蕉門《しょうもん》の代表的句集七部《だいひょうてきくしゅう》）の最初《さいしょ》の書にあげられ、

「蕉風開眼《しょうふうかいげん》の集」として、高く評価《ひょうか》されることになります。

熱田《あつた》にもどった芭蕉は、十二月十九日の夕方、桐葉《とうよう》たちにさそわれて、舟《ふね》で師走《しわす》の海に出ました。

海暮《く》れて鴨《かも》の声ほのかに白し　芭蕉

（海がとっぷりと暮《く》れて、暗い沖《おき》あいから、鴨《かも》の声だけが暮《く》れのこるようにほの白く聞こえる。）季語・「鴨《かも》」（冬）


十二月二十五日に伊賀上野《いがうえの》に帰りついた芭蕉は、実家《じっか》で正月《しょうがつ》をむかえます。

貞享《じょうきょう》二年（一六八五）。一月に大和《やまと》竹内《たけのうち》村《むら》の千里《ちり》をたずねたりしたあと、二月に奈良《なら》へ向かいます。

奈良《なら》では薪能《たきぎのう》や二月堂《にがつどう》のお水取《みずと》り（十二日夜）を見物《けんぶつ》して、京《きょう》へのぼります。

京都《きょうと》では鳴滝《なるたき》（右京区《うきょうく》）の三井秋風《みついしゅうふう》の山荘《さんそう》に半月《はんつき》ほど滞在《たいざい》します。

三月中ごろ、大津《おおつ》（滋賀県《しがけん》）へ向かいますが、とちゅうの山道で、

山路《やまじ》来て何やらゆかしすみれ草《ぐさ》　芭蕉

（さびしい山道を歩いてきて、ふと目にとまった道ばたのすみれ、そのかれんな花のなんとなくなつかしいような、心ひかれることよ。）季語・「すみれ草《ぐさ》」（春）

という句《く》が生まれます。

この「山路来て《やまじ》」の句《く》は、さきの「道のべの」の句《く》とともに、江戸《えど》に帰って、親友《しんゆう》の素《そ》堂翁《どうおう》にたいへんほめられます。

湖南《こなん》（琵琶湖《びわこ》の南）の大津《おおつ》では、僧侶《そうりょ》の三上千那《みかみせんな》（三十五歳《さい》）や、医者《いしゃ》の江左尚白《えさしょうはく》（三十六歳《さい》）が入門《にゅうもん》しました。

辛崎《からさき》の松は花より朧《おぼろ》にて　芭蕉

（湖水《こすい》も岸のさくらもすべておぼろにかすんだなかで、辛崎《からさき》の一《ひと》つ松はさくらの花よりもおぼろで、いっそうおもむきが深い。）季語・「朧《おぼろ》」（春）

大津《おおつ》をはなれ、桑名《くわな》のほうへ向かっていたときです、近江《おうみ》の水口《みなくち》（滋賀県甲賀郡水口《しがけんこうかぐんみなくち》町《ちょう》）の駅《えき》で、思いがけない人に出会いました。

「先生、おなつかしゅうございます。伊賀上野《いがうえの》の土芳《とほう》です。」

「ああ、あの土芳《とほう》さんか、その後《ご》、どうしておられましたかな。」

「はい、あのころはまだ十五、六、しかも武家《ぶけ》の身で、武芸《ぶげい》の修業《しゅぎょう》や奉公《ほうこう》にとりまぎれ、俳諧《はいかい》からは遠ざかっておりました。このごろやっと、武士《ぶし》を捨《す》てても俳諧《はいかい》の道を行きたいと思うようになりました。どうかよろしくおみちびきください。」

藤堂藩士《とうどうはんし》の服部土芳《はっとりとほう》は槍《やり》の名手《めいしゅ》で、このとき二十九歳《さい》でした。去年の九月から今年の二月まで、藩《はん》の用で播磨《はりま》（兵庫県《ひょうごけん》の西部《せいぶ》）に出かけていて、上野《うえの》に帰った芭蕉に会えなかったので、わざわざ追いかけて東海道《とうかいどう》をのぼってきたのでした。

土芳《とほう》は、翌年《よくねん》には武士《ぶし》の身分を捨《す》てて隠棲《いんせい》します。

芭蕉はふたたび、桑名《くわな》から熱田《あつた》へおもむき、桐葉《とうよう》の案内《あんない》で鳴海《なるみ》（愛知県名古屋市《あいちけんなごやし》）の下里知足《しもざとちそく》をたずねます。鳴海《なるみ》にも蕉門《しょうもん》が生まれます。

名古屋《なごや》から来てくれた杜国《とこく》や、熱田《あつた》の俳人《はいじん》たちに見送られて、江戸《えど》への帰途《きと》についたのは、四月十日でした。

とちゅう、甲州《こうしゅう》に寄《よ》り道をして、江戸深川《えどふかがわ》の芭蕉庵《ばしょうあん》にたどりついたのが、四月のおわりでした。

この九か月にわたる旅のようすを書いたのが、『野《の》ざらし紀行《きこう》』です。

この旅によって芭蕉は、純粋《じゅんすい》な詩《し》としての蕉風《しょうふう》の俳諧《はいかい》をしっかりとつかみました。そしてまた、杖《つえ》をひいた伊勢《いせ》、伊賀《いが》、大垣《おおがき》、尾張《おわり》（名古屋《なごや》・熱田《あつた》・鳴海《なるみ》）、近江《おうみ》などで新しい門人《もんじん》ができ、蕉門《しょうもん》が芽《め》ばえたのでした。

7　いまを時めく蕉風《しょうふう》

貞享《じょうきょう》三年（一六八六）の春のことです。芭蕉庵《ばしょうあん》に門人たちが集まって、『蛙合《かわずあわせ》』の句合《くあわ》せがもよおされました。

数年前の「古池や蛙《かわず》飛びこむ水の音」が弟子《でし》たちのあいだで評判《ひょうばん》になって、「わたしも一句《いっく》、蛙《かわず》の句《く》を」ということで、蛙《かえる》を詠《よ》んだ句《く》がいくつも生まれたのです。そして、「それでは、左右《さゆう》につがえて、蛙合《かわずあわ》せをやろうじゃありませんか。」ということになったのです。

せまい芭蕉庵《ばしょうあん》に、人がひしめきました。集まったのは四十句《く》ですが、もちろん多くは、句《く》だけの参加《さんか》です。

さきごろ入門《にゅうもん》した、京都《きょうと》の向井去来《むかいきょらい》（三十六歳《さい》）なども、句《く》だけを送ってきました。

出席者《しゅっせきしゃ》の中には、ほど近い葛飾阿武《かつしかあたけ》（隅田川両国橋《すみだがわりょうごくばし》の近く）へ越《こ》してきたばかりの、素堂翁《そどうおう》もいました。

「書きあげられたばかりの『野《の》ざらし紀行《きこう》』を拝見《はいけん》しましたが、なかでも、『道のべの』の句《く》と、『山路来《やまじ》て』の句《く》には感服《かんぷく》しました。芭蕉翁《ばしょうおう》はいよいよ、かつてない新しい俳諧《はいかい》を開かれたのです。『古池や』の句《く》は、その先がけだったのでしょう。」

弟子《でし》たちの前で、素堂翁《そどうおう》にほめられて、芭蕉はいくぶんてれながらも、

「わたしも今度の旅で、自分のめざしてきたものの姿《すがた》が見えてきたように思うのです。」

と、素直《すなお》にうれしさをのべました。

「蛙《かわず》はいま見あたりませんが、あの池にとびこんだのですね。」

入門したばかりの河合曽良《かわいそら》（三十八歳《さい》）が、庭の古池を見やって言います。

「いや、あの池ではないのです。前の芭蕉庵《ばしょうあん》のほうなのです。」

あわてて事実を正したのは、宝井其角《たからいきかく》（二十六歳《さい》）です。「山吹《やまぶき》や」の失敗《しっぱい》を思い出したのか、てれくさそうにしています。

「この句《く》はもう、どの古池でもいいのですよ。それにしても、わずかな物音《ものおと》がして、かえって静《しず》かさが深まるということがあるのですねえ。」

重おもしく口をきいたのは、すぐれた弟子《でし》の一人《ひとり》、服部嵐雪《はっとりらんせつ》（三十三歳《さい》）でした。

「蛙《かわず》といえば、『鳴く蛙《かわず》』と心得《こころえ》ておりましたから、『とびこむ蛙《かわず》』にはびっくりしました。そこが俳諧《はいかい》なんですなあ。」

ひときわ大きな声——杉山杉風《すぎやまさんぷう》（四十歳《さい》）も顔を見せていました。

この日の成果《せいか》は、『蛙合《かわずあわせ》』（仙化編《せんかへん》）として、三月に出版《しゅっぱん》されました。

苦しい道のりでしたが、芭蕉はやっと、これこそ自分の考えていた俳諧《はいかい》だ、といえるものを手にしたのです。「おかしみ」から抜《ぬ》け出して、自然の心や自分の気持ちをうたえるようになりました。いままで和歌《わか》（短歌《たんか》）がやってきたことを、五・七・五で、季語《きご》がはいり、切れ字があるという、俳句《はいく》のスタイルでやってのけたのです。それはとうぜん、和歌《わか》（短歌《たんか》）とはちがった味《あじ》わいの詩です。

ほかの俳人《はいじん》たちも新風《しんぷう》をめざして、苦しい手さぐりをつづけていたのですが、芭蕉がいち早くつかんでさし出したもの（それは蕉風《しょうふう》の俳諧《はいかい》）に目を見はりました。これだったのです。いえ、こんなことが俳諧《はいかい》にできたのか、というおどろきと賛嘆《さんたん》です。

芭蕉の門に入る人がふえました。入門しないまでも、多くの俳人《はいじん》が、蕉風《しょうふう》を手本《てほん》とす

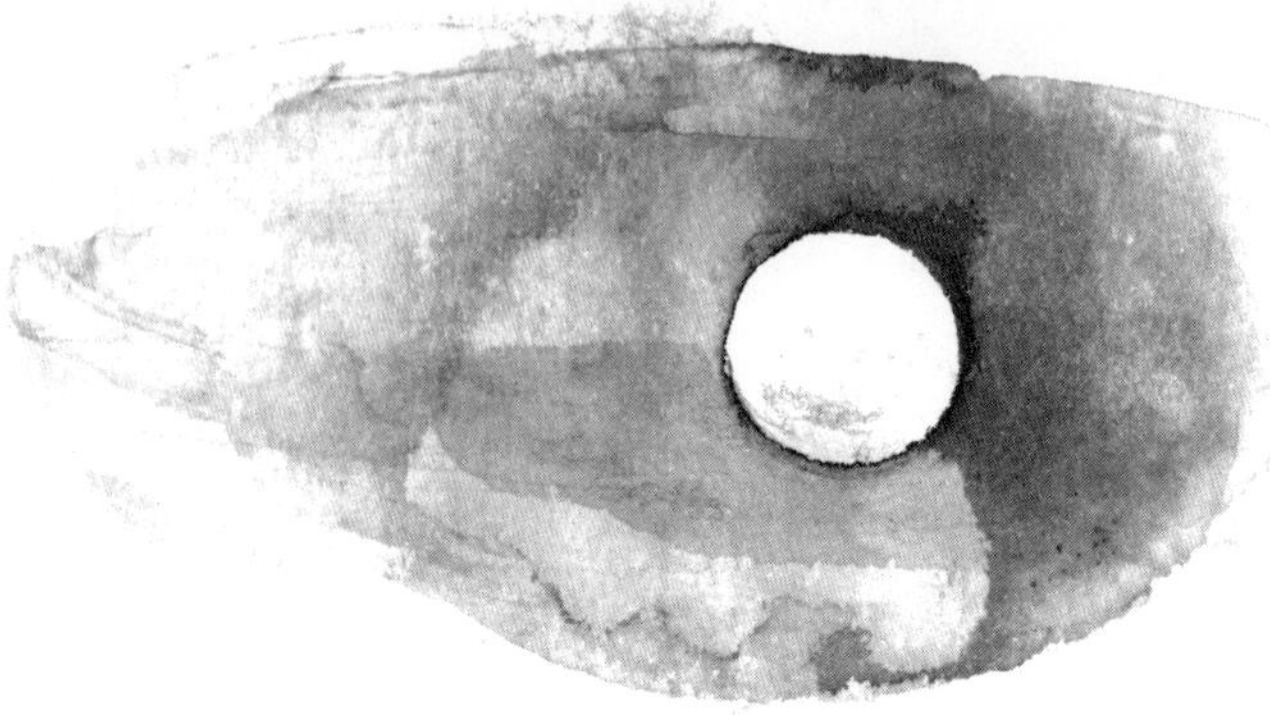

るようになりました。とはいっても、芭蕉自身まだ、蕉風《しょうふう》を歩みはじめたばかりなのです。ますます精進《しょうじん》して、蕉風《しょうふう》を深めていかなければなりません。

八月十五夜《や》は中秋《ちゅうしゅう》の名月《めいげつ》です。

芭蕉庵《ばしょうあん》の池のほとりで名月をながめていると、いまは宗匠《そうしょう》として立っている、其角《きかく》があらわれました。

「先生、こよいは舟《ふね》を仕立《した》ててまいりました、大川《おおかわ》へ月《つき》見《み》にくり出しましょう。」

仙化《せんか》と吼雲《こううん》もいっしょでした。

隅田川《すみだがわ》には月見船《つきみぶね》がたくさんうかんでいました。月の名所「三股《みつまた》」のあたりは、まつりのようなにぎわいです。

重箱《じゅうばこ》のごちそうをいただき、盃《さかずき》にうつった月を味わいました。

「こんな句《く》ができましたよ。」

といって、芭蕉は一句《く》、ひろうしました。

名月《めいげつ》や池をめぐりて夜もすがら　芭蕉

（空には名月がさえわたり、池の面《おも》にも月がうつっている。そのあまりの美しさに、一晩《ひとばん》じゅう、池のまわりをさまよったことだ。）季語・「名月」（秋）

「風流《ふうりゅう》ですねえ。さすがは先生です。お心は芭蕉庵《ばしょうあん》の庭におられるわけですね。」

と、盃《さかずき》をほしながら、其角《きかく》がひやかし気味《ぎみ》に感心《かんしん》します。

「そうなのです。月を愛《め》でる心ですよ。」

芭蕉もほろ酔《よ》い気分で、風雅《ふうが》をたのしんでいるのでした。

八月下旬《げじゅん》には、「俳諧七部集《はいかいしちぶしゅう》（芭蕉七部集）」の第二集『春の日』（荷兮編《かけいへん》）が、名古屋蕉門《なごやしょうもん》の力によって出版《しゅっぱん》されました。これには「古池や」の句《く》が収《おさ》められており、全国の俳人《はいじん》の知るところとなりました。

十二月十八日に初雪《はつゆき》がふり、草庵《そうあん》の庭の水仙《すいせん》の葉をたわめて、うっすらと積もりました。何日かして、今度は本格的《ほんかくてき》にふりだした夜、近くに住《す》む浪人《ろうにん》の曽良《そら》がやってきました。

「雪になりましたので、またもどってまいりました。」

曽良《そら》は朝夕芭蕉庵《あさゆうばしょうあん》にやってきて、炊事《すいじ》やせんたくの世話《せわ》をしてくれているのです。さっきもいっしょに夕飯《ゆうはん》を食べていったばかりでした。

「せっかくの雪に、ひとりではつまらないと思っていたところです。さあ、どうぞどうぞ。酒《さけ》をあたためましょう。」

芭蕉はいろりの火にまきをくべたしながら、

「こんな句《く》がうかびましたよ。」

と、曽良《そら》にできたての句《く》を聞かせます。

きみ火をたけよき物《もの》見せん雪まろげ　芭蕉

（よく来てくれた。君《きみ》はまあ、炉《ろ》に火をどんどんたいてあたっていてくれ。わたしはひとつ君にいいものをこしらえて見せてあげよう、大きな雪まろげをね。）季語・「雪まろげ」（冬）


「雪まろげ」というのは、雪をころがしまるめて、大きなかたまりにすることです。

「これはおそれ入ります。雪がやみましたら、さっそくにもわたくしが作らせていただきます。」

師匠《ししょう》のあたたかい心のもてなしを、曽良《そら》はありがたくちょうだいするのでした。

貞享《じようきよう》四年（一六八七）をむかえます。

また花の季節《きせつ》になりました。

隅田川《すみだがわ》の向こう岸は、上野《うえの》も浅草《あさくさ》も、さくらの花につつまれています。もう何度も目にした、深川《ふかがわ》からの春のながめですが、芭蕉の句境《くきよう》の進展《しんてん》を示すように、名吟《めいぎん》が生まれました。

花の雲鐘《かね》は上野《うえの》か浅草《あさくさ》か　　芭蕉

（ここ芭蕉庵《ばしようあん》から見わたすと、上野《うえの》から浅草《あさくさ》にかけて、雲と見まがうほどの花ざかりである。そのなかからひびいてくる鐘《かね》の音《ね》は、上野《うえの》の寛永寺《かんえいじ》の鐘《かね》であろうか、浅草《あさくさ》の浅草寺《せんそうじ》の鐘《かね》であろうか。）季語・「花の雲」（春）


八月十四日に芭蕉庵《ばしようあん》をたって、鹿島《かしま》（茨城県鹿島郡《いばらきけんかしまぐん》）の月を見にでかけました。

鹿島神宮《かしまじんぐう》にもうでたあと、かつて深川《ふかがわ》で参禅《さんぜん》して教えを受けた、根本寺《こんぽんじ》の元住職《もとじゆうしよく》・仏《ぶつ》頂和尚《ちょうおしょう》（四十五歳《さい》）を、その隠居寺《いんきょでら》にたずねました。

十五夜《や》はあいにく雨でしたが、夜明け近くに、雲のすきまからわずかに月の光が見えました。

行き帰りには、潮来《いたこ》の水郷情緒《すいごうじょうちょ》をたのしみました。

おともは曽良《そら》と、僧侶《そうりょ》の宗波《そうは》でした。

この旅のようすを書いた『鹿島紀行《かしまきこう》』は、八月二十五日にできあがりました。

8　『笈《おい》の小文《こぶみ》』の旅

四十四歳《さい》の芭蕉は、この貞享《じょうきょう》四年の十月二十五日に江戸《えど》をたって、また東海道《とうかいどう》を西へ向かいました。『笈《おい》の小文《こぶみ》』の旅です。

旅人と我が名よばれん初時雨《はつしぐれ》　芭　蕉

（おりからの初しぐれにぬれて、自分はいま、さすらいの旅に出ようとしている。きょうからは旅人とよばれて行こう。）季語・「初時雨《はつしぐれ》」（冬）

三年前の「野ざらしを」の、気負《きお》った感じの旅立ちとちがって、心にだいぶゆとりができていました。

十一月四日には鳴海《なるみ》の知足亭《ちそくてい》に着きました。

鳴海《なるみ》の門人たちと句会《くかい》をひらいたりしたあと、桐葉《とうよう》の出むかえで熱田《あつた》へ移《うつ》りました。

このままだとさらに名古屋《なごや》へということになるのですが、芭蕉にはうしろに気にかかることがありました。

この前、熱田《あつた》をたって江戸《えど》へ帰るとき、名古屋《なごや》からわざわざ見送りにきてくれた杜国《とこく》が、そののち不幸なできごとにあって、三河《みかわ》（愛知県《あいちけん》の東部《とうぶ》）の渥美半島《あつみはんとう》のはずれにかくれ住んでいたのです。

杜国《とこく》は大きな米屋の主人でしたが、店をあずかる番頭《ばんとう》が、蔵《くら》にない米をあるように見せかけて取引《とりひき》をしたというのです。責任《せきにん》はとうぜん主人にかかってきます。杜国《とこく》は空米売買《からまいばいばい》の罪《つみ》にとわれて、尾張《おわり》（愛知県《あいちけん》の西部《せいぶ》）から追われたのでした。

名古屋《なごや》の越智越人《おちえつじん》（三十二歳《さい》）に道案内をたのんで、芭蕉は吉田《よしだ》（豊橋《とよはし》）まで十五里《り》（約《やく》六十キロ）ほどあともどりして一泊《いっぱく》し、渥美半島《あつみはんとう》に入りました。

田んぼの中に細い道が一すじつづいています。海から吹《ふ》きあげる冬の風は冷《つめ》たく、馬で行く芭蕉はこおりついてしまいそうでした。それでも杜国《とこく》に会いたいいっしんで、十里《り》（約《やく》四十キロ）あまりの道を保美《ほび》（渥美郡渥美町保美《あつみぐんあつみちょうほび》）の村へとたどりました。

「芭蕉先生ではありませんか。なんとまあ、わたくしをたずねて、はるばるこんなところまで……。」

越人《えつじん》の案内を乞《こ》う声に、あばら家《や》の戸口《とぐち》に出てきた杜国《とこく》は、芭蕉翁《ばしょうおう》がそこに立っているのを見て、感激《かんげき》に胸《むね》がつまったようで、あとは涙《なみだ》にむせびました。

「いやいや、おつらいでしょうが、元気そうでなによりです。二年前にあなたの不幸《ふこう》を聞いてから、ずっと気になっていたのです。」

保美《ほび》はあたたかなところで、早咲《はやざ》きの梅《うめ》や椿《つばき》がちらほら咲《さ》いていました。

つぎの日、杜国《とこく》に案内されて、馬で一里《り》（約《やく》四キロ）ほど行くと、伊良湖岬《いらござき》に出ました。

海上《かいじょう》はるかに伊勢《いせ》・志摩《しま》（三重県《みえけん》）が見えています。

三人は浜《はま》べで、伊良湖白《いらごじろ》とよばれる碁石《ごいし》の材料になる、貝がらを拾《ひろ》いました。

ここは南からくる鷹《たか》が最初《さいしょ》にわたるところで、あの骨山《ほねやま》という丘《おか》で鷹《たか》を打つのだといいます。そう思って見ていると、ちょうど一羽《いちわ》の鷹《たか》のすがたが目に入りました。

鷹一《たかひと》つ見付《みつ》けてうれしいらご崎《ざき》　　芭蕉

（万葉《まんよう》のむかしからこの伊良湖崎《いらござき》は鷹《たか》を打つところとして有名だが、荒涼《こうりょう》とした海べのわびしさが身にしみるとき、かなたに一羽《いちわ》の鷹《たか》の舞《ま》うのを見つけたうれしさよ。）季語・「鷹《たか》」（冬）

杜国《とこく》に会えたうれしさが、鷹《たか》にたくされています。

「先生、わたくしも、旅のおともがしとう存《ぞん》じます。」

「それなら、わたしがいちど伊賀《いが》へ帰ったあと、たずねていらっしゃい。」

ということで、つぎの日、杜国《とこく》のかくれ家《が》をあとにしました。

尾張《おわり》（鳴海《なるみ》・熱田《あつた》・名古屋《なごや》）で一か月あまりをすごしたあと、十二月末《すえ》に伊賀上野《いがうえの》へ帰りました。

故郷《ふるさと》や臍《ほぞ》の緒《お》に泣《な》く年の暮《くれ》　芭蕉

（年の暮《く》れ、久しぶりに帰ってきた故郷《こきょう》の生家《せいか》で、自分のほぞ（へそ）の緒《お》を見せられた。いまはない父母《ふぼ》の面影《おもかげ》をしのんで、しみじみ涙《なみだ》にくれたことである。）季語・「年《とし》の暮《くれ》」（冬）

人の心を引き寄《よ》せる、ふるさとという原点《げんてん》に身をおいて、親子《おやこ》のつながりを思い、年をとっていくさびしさを味《あじ》わったのでした。

貞享《じょうきょう》五年（元禄元年《げんろくがんねん》、一六八八）をむかえました。

二月に入って芭蕉は、伊勢神宮《いせじんぐう》へ参拝《さんぱい》にでかけました。芭蕉の伊勢参宮《いせさんぐう》は、これが五度目です。

伊勢《いせ》の門人《もんじん》たちと交流《こうりゅう》し、伊良湖《いらご》から舟《ふね》でやってきた杜国《とこく》と落ちあって、伊賀《いが》の実家《じっか》へもどりました。

二月十八日に、亡父与左衛門《ぼうふよざえもん》の三十三回忌《かいき》の法要《ほうよう》がいとなまれました。このために故《こ》郷《きょう》に帰っていたともいえるのです。

芭蕉翁《ばしょうおう》の名声《めいせい》はすでに高く、上野《うえの》でもしきりに句会《くかい》によばれました。

そんな三月のある日、藤堂新七郎家《とうどうしんしちろうけ》の花見の宴《えん》にまねかれました。

若殿蟬吟《わかとのせんぎん》に仕《つか》えて、足かけ五年をすごした、あのなつかしいお屋敷《やしき》です。

「本日は、わたくしのような者をおまねきいただき、ありがたくもおそれ多いことです。」

かつて奉公《ほうこう》したお屋敷《やしき》とはいっても、いまの芭蕉は身分のいやしい俳諧師《はいかいし》なのです。五千石《ごく》の侍大将家《さむらいだいしょうけ》の当主《とうしゅ》からまねかれるというのは、異例《いれい》のことでした。

「いや、遠慮《えんりょ》は無用《むよう》です。高名《こうめい》な芭蕉翁《おう》においでいただいて、わたしもうれしい。きょうは、わが父蟬吟《せんぎん》の思い出やら、俳諧《はいかい》の話やら、いろいろとお聞かせいただきたい。」

三代目当主良長《とうしゅよしなが》は、良忠《よしただ》（蟬吟《せんぎん》）の嫡子《ちゃくし》で、まだ二十三歳《さい》です。探丸《たんがん》と号《ごう》して、俳諧《はいかい》をたしなんでいました。

父蟬吟《せんぎん》に顔だちの似《に》た探丸公《たんがんこう》と向かい合って、芭蕉の記憶《きおく》はよみがえります。

「蟬吟公《せんぎんこう》がみまかられたとき、殿《との》はまだ、母君《ははぎみ》にだかれたちのみごでいらっしゃいました。あれから二十二年になりますが、さいごの春に蟬吟公《せんぎんこう》がこのお座敷《ざしき》から、あのお庭のさくらをごらんになっていたおすがたが、きのうのことのようにうかんでまいります。

あのころは貞門《ていもん》の俳諧《はいかい》がすべてでございましたが、蟬吟公《せんぎんこう》は、おかしみとはちがった俳諧《はいかい》というものを思っていらっしゃるようでした。その深いお考えが、いまになって、わたくしの胸《むね》にこたえるのでございます。」

芭蕉は探丸公《たんがんこう》に乞《こ》われて、一句《いっく》詠《よ》みました。

さまざまの事思ひ《い》出す桜《さくら》かな　芭　蕉

(旧主《きゅうしゅ》のお邸《やしき》にまねかれて、庭に咲《さ》くさくらの花を見るにつけ、さまざまのことが思い出されて、感慨無量《かんがいむりょう》である。) 季語・「桜《さくら》」(春)

十一日に、上野城下《うえのじょうか》(上野市西日南町《うえのしにしひなたまち》)の服部土芳《はっとりとほう》の庵《いおり》をたずねました。

土芳《とほう》は三年前に水口宿《みなくちじゅく》で芭蕉に再会《さいかい》したあと、武士《ぶし》の身分を捨《す》てて隠棲《いんせい》したのでした。

芭蕉は土芳《とほう》のこの新しい庵《いおり》に、「蓑虫庵《みのむしあん》」と名前をつけてあげました。

「先生、どういう心がまえで句《く》を詠《よ》めばよろしいのでしょうか。」

「松《まつ》のことは松《まつ》に習《なら》いなさい、竹のことは竹に習《なら》いなさい。自分の考えで松《まつ》や竹を見てはいけないのです。松《まつ》や竹の心をくみとるのです。」
土芳《とほう》は伊賀《いが》蕉門《しょうもん》の中心的人物《ちゅうしんてきじんぶつ》で、のちに『三冊子《さんぞうし》』を書いて、芭蕉の教えを伝えました。

十九日、芭蕉はまた旅立ちました。めざすは桜《さくら》の名所《めいしょ》・吉野《よしの》です。世間《せけん》をはばかる杜《と》国《こく》は、「万菊丸《まんぎくまる》」と名前をかえて、おともをしました。

やってきた吉野山《よしのやま》は、さくらの花ざかりでした。

「おお、なんという見事《みごと》さ。さすがは吉野《よしの》だ。」

「花もすばらしいですが、この人出《ひとで》のにぎやかさ。」

三泊《さんぱく》して、花の吉野《よしの》をたのしんだあと、高野山《こうやさん》（和歌山県《わかやまけん》）にもうでました。

ここは二十二年前に、蟬吟《せんぎん》の遺髪《いはつ》と位牌《いはい》を納《おさ》めに登《のぼ》ったところです。骨堂《こつどう》には父母《ふぼ》の遺《い》髪《はつ》も納《おさ》められています。

父母《ちちはは》のしきりに恋《こい》し雉子《きじ》の声　芭蕉

（高野山《こうやさん》の奥《おく》に登ると、子を思って鳴くというきじの鳴き声が聞こえ、いまは亡《な》き父母《ふぼ》のことがしきりに恋《こい》しいことだ。）季語・「雉子《きじ》」（春）

紀ノ川《きのかわ》のほとりを下流《かりゅう》へとたどって、歌枕《うたまくら》（古歌《こか》に詠《よ》みこまれた諸国《しょこく》の名所）の和歌《わか》の浦《うら》（和歌山市《わかやまし》）をたずねたあと、またひきかえして、奈良《なら》へ向かいました。

とちゅう、衣更《ころもが》えの四月一日をむかえましたが、旅先《たびさき》のことなので、重《かさ》ね着《ぎ》の一まいをぬいで、せなかの荷物《にもつ》の中に入れました。万菊丸《まんぎくまる》の杜国《とこく》も綿入《わたい》れをぬいだのですが、荷物になるので売ってしまいたいなどと、芭蕉に言うのでした。

奈良《なら》では、灌仏会《かんぶつえ》（花祭《はなまつ》り）の日（四月八日）をむかえ、大仏《だいぶつ》の行事《ぎょうじ》をおがんだり、釈迦《しゃか》の誕生日《たんじょうび》に生まれ合わせた、幸《しあわ》せな鹿《しか》の子《こ》を見たりしました。

西《にし》の京《きょう》の唐招提寺《とうしょうだいじ》にお参《まい》りしました。

寺《てら》を建《た》てた鑑真和上《がんじんわじょう》は、日本《にほん》からの留学僧《りゅうがくそう》の請《こ》いに応《おう》じて、奈良《なら》時代に唐《とう》（中国《ちゅうごく》）からわたってきた高僧《こうそう》です。弟子《でし》にじゃまをされたり、船《ふね》が五度も難破《なんぱ》したり、病気になったり、さまざまの苦難《くなん》のすえ、日本《にほん》にたどりついたのは、来日《らいにち》を決意《けつい》してから十一年目のことでした。そのときには目が見えなくなっていました。

芭蕉は開山堂《かいざんどう》の、鑑真和上《がんじんわじょう》の盲目《もうもく》の尊像《そんぞう》をおがみました。

若葉《わかば》して御《おん》めの雫《しずく》ぬぐはば(わ)や　芭蕉

（目のさめるような若葉《わかば》のなかの和上《わじょう》の尊像《そんぞう》よ、このみずみずしい若葉《わかば》で、盲目《もうもく》のお目のしずくをぬぐってあげたいものだ。）季語・「若葉《わかば》」（夏）


奈良《なら》から大阪《おおさか》へ出て、須磨《すま》・明石《あかし》（兵庫県《ひょうごけん》）へも杖《つえ》をひきました。

明石《あかし》からひきかえして、京《きょう》へのぼります。『笈の小文《おいのこぶみ》』の旅は、ここで終わります。

「笈《おい》の小文《こぶみ》」とは、「笈《おい》」（山伏《やまぶし》や行脚《あんぎゃ》の僧《そう》が仏具《ぶつぐ》・衣服《いふく》・食器《しょっき》などを入れて背負《せお》う、足のついた箱《はこ》）の中に収《おさ》めてある「小文《こぶみ》」（旅日記）ということです。

京都《きょうと》には、四月二十三日から五月上旬《じょうじゅん》まで滞在《たいざい》しました。去年《きょねん》の春に江戸《えど》で会って面識《めんしき》のある、嵯峨野《さがの》（右京区《うきょうく》）の去来《きょらい》をたずねたりしました。

万菊丸《まんぎくまる》（杜国《とこく》）と京都《きょうと》で別れて、大津《おおつ》へ向かいます。

杜国《とこく》との別れは、旅寝《たびね》のあいだじゅう悩《なや》まされた、大いびきからの解放《かいほう》でもありました。

芭蕉はたわむれに、「万菊丸《まんぎくまる》いびきの図」を描《か》いて、伊賀《いが》の門人・窪田猿雖《くぼたえんすい》への手紙（四月二十五日）にそえてやりました。

杜国《とこく》は帰りに、伊賀《いが》の猿雖方《えんすいかた》に四、五日滞在《たいざい》しましたから、この「いびきの図」に再会《さいかい》したことでしょう。

大津《おおつ》で門人たちと交流したあと、六月八日に、岐阜《ぎふ》へ入りました。

岐阜《ぎふ》では、長良川《ながらがわ》の鵜飼《うかい》を見物しました。

魚《さかな》を引き寄《よ》せるためのかがり火をたいた鵜飼船《うかいぶね》が、何そうも、上流《じょうりゅう》から流れくだってきます。

一人《ひとり》の鵜匠《うしょう》が十二羽《わ》の鵜《う》に手縄《てなわ》をつけてあやつり、水中《すいちゅう》の鮎《あゆ》などを呑《の》ませては引きあげ、吐《は》き出させます。

面白《おもしろ》うてやがて悲《かな》しき鵜舟《うぶね》かな　芭蕉

（鵜飼《うかい》のさいちゅうは、かがり火も明るくにぎやかで面白《おもしろ》いが、やがて鵜飼《うかい》も終わり鵜舟《うぶね》がとおりすぎると、ひっそりとさびしく、あさましいこのいとなみだけが、ひしひしと悲しく迫《せま》ってくることだ。）季語・「鵜舟《うぶね》」（夏）

岐阜《ぎふ》から名古屋《なごや》へ入って、七月は尾張《おわり》（名古屋《なごや》・熱田《あつた》・鳴海《なるみ》）ですごしました。

江戸《えど》への帰りに、信州更科《しんしゅうさらしな》（長野県更級郡《ながのけんさらしなぐん》）の月を見ようと、八月十一日に岐阜《ぎふ》をたって木曽路《きそじ》に入りました。『更科紀行《さらしなきこう》』の旅です。おともは、伊良湖《いらご》へ同行《どうこう》した、名古屋《なごや》の越人《えつじん》でした。

首を長くして待っていた江戸《えど》の門人たちに、越人《えつじん》ともどもむかえられたのは、八月の下《げ》旬《じゅん》でした。

9　『奥《おく》の細道《ほそみち》』の旅

――千住《せんじゅ》から平泉《ひらいずみ》まで――

『笈《おい》の小文《こぶみ》』『更科紀行《さらしなきこう》』の旅から帰って、弟子《でし》たちと句会《くかい》をひらいたりしているうちに年が暮《く》れ、元禄《げんろく》二年（一六八九）の春をむかえました。

前の旅からまだ半年《はんとし》しかたっていないのに、四十六歳《さい》の芭蕉の心はまた、旅にあこがれるのでした。

今度は、まだ行ったことのない北のほうを向いています。

三月に入って、芭蕉の「漂泊《ひょうはく》の思い」（さすらいたいと思う気持ち）はいよいよおさえきれなくなり、旅立ちを決意《けつい》します。

旅をすみかとする自分に家はいらないし、路用《ろよう》（旅費《りょひ》）のたしにもと、芭蕉庵《ばしょうあん》を人にゆずりわたし、杉風《さんぷう》の別宅《べったく》・採茶庵《さいだ(と)あん》（深川《ふかがわ》）に移《うつ》りました。あとには、ひな人形《にんぎょう》をかざるような女の子のいる一家《いっか》が越《こ》してきました。

三月二十七日（いまの五月十六日）の明《あ》け方《がた》に、見送りの友人や門人たちと舟《ふね》に乗りこみ、深川《ふかがわ》から隅田川《すみだがわ》をさかのぼり、千住《せんじゅ》（足立区《あだちく》）へ向かいました。

千住《せんじゅ》で舟《ふね》をあがりました。

「それではみなさん、行ってまいります。生きて帰れたら、またお会いしましょう。」

「心細いことをおっしゃいますな。せいぜいいい旅をしてきてください。みやげの名句《めいく》をたのしみにしていますよ。」

素堂翁《そどうおう》も見送りにきてくれました。

弟子《でし》たちも別れをおしみます。

「先生、お気をつけて。」

「曽良《そら》さん、しっかり先生のお世話《せわ》をたのみますよ。」

奥羽行脚《おううあんぎや》（みちのくへの徒歩《とほ》での旅）のおともは、河合曽良《かわいそら》です。曽良《そら》も髪《かみ》を剃《そ》り落《お》とし、墨染《すみぞ》めの衣《ころも》です。

行《ゆ》く春や鳥啼《な》き魚《うお》の目は涙《なみだ》　芭　蕉

（春はもう過《す》ぎ去《さ》ろうとしている。去りゆく春のうれいは人だけではないらしく、鳥は悲しげに鳴き、水のなかの魚《さかな》の目にも涙《なみだ》があふれているようだ。）季語・「行く春」（春）

親《した》しい人びとと別れる悲しみを、行《ゆ》く春を惜《お》しむ気持ちにたくして詠《よ》みました。『奥《おく》の細道《ほそみち》』の旅の最初《さいしょ》の一句《いっく》です。

草加《そうか》（埼玉県《さいたまけん》）をすぎて、第一夜《だいいちや》は春日部《かすかべ》（埼玉県《さいたまけん》）に泊《と》まりました。

日光街道《にっこうかいどう》は、東海道《とうかいどう》とはちがって、道もせまくでこぼこで、草ぼうぼうのところもあります。

室《むろ》の八島《やしま》（栃木市惣社町《とちぎしそうじやまち》、大神神社境内《おおみわじんじやけいだい》）にお参《まい》りしたあと、日光《にっこう》（栃木県《とちぎけん》）へ向かいました。

四月一日（いまの五月十九日）、杉並木《すぎなみき》の街道《かいどう》を歩《ある》いて、東照宮《とうしようぐう》に参詣《さんけい》しました。

東照宮《とうしようぐう》は、江戸幕府《えどばくふ》をひらいた徳川家康《とくがわいえやす》の霊廟《れいびよう》（みたまや）であり、将軍家《しようぐんけ》の威光《いこう》を目で見るような、きらびやかな社殿《しゃでん》です。

「うわさには聞いていたが、さすがに立派《りっぱ》なものだ。」

「ほんとですねえ、一日じゅう見ていても、あきないでしょうねえ。」

青葉若葉《あおばわかば》にてりはえる陽明門《ようめいもん》に目を見はる、芭蕉と曽良《そら》です。

江戸《えど》時代には、一般庶民《いっぱんしょみん》は陽明門《ようめいもん》をくぐることができなかったのですが、芭蕉たちは、江戸浅草《えどあさくさ》の清水寺《せいすいじ》の紹介状《しょうかいじょう》を持っていたので、特別《とくべつ》に参拝《さんぱい》をゆるされました。

陽明門《ようめいもん》をくぐり、唐門《からもん》を入って、拝殿《はいでん》で東照大権現《とうしょうだいごんげん》・家康公《いえやすこう》のみたまをおがみました。


あらたふ(とう)と青葉若葉《わかば》の日の光　芭蕉

(ああなんと尊《とうと》く感じられることよ、一山《ひとやま》の青葉・若葉《わかば》にふりそそぐ明るい日の光は。)

季語・「青葉・若葉《わかば》」(夏)

つぎの日は、崖道《がけみち》から滝《たき》の裏側《うらがわ》をながめる、「裏見《うらみ》の滝《たき》」を見たあと、日光《にっこう》をはなれ、日光北街道《にっこうきたかいどう》を黒羽《くろばね》（栃木県那須郡《とちぎけんなすぐん》）へ向かいました。

とちゅう一晩《ひとばん》、玉入《たまにゅう》という村の農家《のうか》に泊《と》めてもらって、また、野なかの道を行きます。

このあたりは、那須野《なすの》とよばれる、ひろびろとした野原です。

「先生、どうも道があやしくなりました。」

曽良《そら》が心細《こころぼそ》そうに言います。

「まよってしまったか。これという目じるしのない野道《のみち》だからなあ。」

街道《かいどう》といっても、もともとはっきりとした道ではなかったのです。す

こし行くと、草を刈《か》っている農夫《のうふ》がいました。

「おそれ入りますが、黒羽《くろばね》へはどう行けばよろしいのでしょうか。」

曽良《そら》がたずねました。

「おまえさんがた、街道《かいどう》からえらくそれてなさるぞ。道を教《おし》えるちゅうても、目じるしはないし……わしがついていってやるわけにもいかんし……そうじゃ、あの馬を使いなさるがいい。」

親切《しんせつ》な農夫《のうふ》は、そこで草を食べていた、自分の馬を貸《か》してくれました。

「この馬は道をよう知っとるで、ええ案内じゃ。街道に出たら、馬の鼻《はな》をうしろに向けて、帰してやってくだされ。」

「それでは、ありがたくお借《か》りしますよ。」

芭蕉を乗せた馬が歩《ある》きだすと、どこからあらわれたのか、農夫《のうふ》の子どもが二人《ふたり》、あとからついてきました。ひとりは、ひなびたかわいらしさのある、六つくらいの女の子でした。

「名前はなんていうんだい。」

曽良《そら》がたずねました。

「かさねだよ。」

「ほう、かさねか、いい名前だね。」

馬の上の芭蕉が、にっこりとして言いました。

いなかにはめずらしい優美《ゆうび》な名前に、芭蕉も曽良《そら》も、心をひかれました。

曽良《そら》が一句《く》、詠《よ》みました。

かさねとは八重撫子《やえなでしこ》の名なるべし　　曽《そ》良《ら》

（かさねとはかわいらしく優雅《ゆうが》な名だ。かさねというのだから、撫子《なでしこ》にたとえれば、花びらの重なった八重撫子《やえなでしこ》の名であろう。）季語・「八重撫子《やえなでしこ》」（夏）

子どもたちもひきかえし、だまって歩《ある》く馬にたよって、はるかに野原をこえていくと、やがて街道《かいどう》すじの村に出ました。お礼《れい》の銭《ぜに》を、くらにむすびつけて、馬を帰してやりました。

黒羽《くろばね》には、俳諧《はいかい》をたしなむ城代家老《じょうだいがろう》にもてなされて、十四日間滞在《たいざい》し、句会《くかい》をひらいたり、芭蕉の参禅《さんぜん》の師《し》・仏頂和尚《ぶっちょうおしょう》の庵《いおり》の跡《あと》を、雲巌寺《うんがんじ》にたずねたりしました。

城代家老《じょうだいがろう》の仕立《した》ててくれた馬にとちゅうまで送られて、那須野《なすの》を北へとすすみ、那須《なす》湯本《ゆもと》にやってきました。

四月十九日に、「殺生石《せっしょうせき》」を見物《けんぶつ》しました。

鳥羽天皇《とばてんのう》（平安時代後期《へいあんじだいこうき》）の寵愛《ちょうあい》を受けた玉藻《たまも》の前《まえ》は、実《じつ》は狐《きつね》の化身《けしん》で、那須野《なすの》で退《たい》治《じ》されたあと石となり、鳥やけものを害《がい》したという、伝説《でんせつ》の石です。

まわりにハチやチョウがたくさん死んでいるのは、石の毒気《どくけ》でしょうか、ふき出す有毒《ゆうどく》な蒸気《じょうき》のせいでしょうか。

翌《よく》二十日は、湯本《ゆもと》をたって、東南《とうなん》へ五里《り》（約《やく》二十キロ）あまりの芦野《あしの》へ、西行《さいぎょう》ゆかりの「遊行柳《ゆぎょうやなぎ》」をたずねました。

芭蕉が歌枕《うたまくら》（古歌《こか》に詠《よ》みこまれた諸国《しょこく》の名所《めいしょ》）の一《ひと》つ、白河《しらかわ》の関《せき》（関所跡《せきしょあと》）をこえたのは、おなじ四月二十日（いまの六月七日）でした。

いよいよ奥州路《おうしゅうじ》です。

風流《ふうりゅう》の初《はじ》めやおくの田植《たうえ》うた　芭蕉

（白河《しらかわ》の関《せき》をこえると、ひなびた奥州《おうしゅう》の田植歌《たうえうた》が聞こえてきた。これから始まるみちのくの風流《ふうりゅう》の、最初《さいしょ》の風流《ふうりゅう》にぶつかったわけだ。）季語・「田植《たうえ》うた」（夏）

芭蕉の胸《むね》に、旅をしているという実感《じっかん》がわいてきました。

阿武隈川《あぶくまがわ》をわたり、二十二日に須賀川《すかがわ》（福島県《ふくしまけん》）に着きました。十年あまり前からの知り合いで、江戸《えど》で会ったこともある、俳人《はいじん》の相楽等躬《さがらとうきゅう》宅《たく》に、二十九日まで滞在《たいざい》しました。歌枕《うたまくら》や旧跡《きゅうせき》をたずねながら、郡山《こおりやま》・福島《ふくしま》と、道《みち》の奥《おく》（みちのく）の細道《ほそみち》を、北へとすすみました。

伊達家《だてけ》六十二万石《ごく》の城下町《じょうかまち》・仙台《せんだい》（宮城県《みやぎけん》）に入ったのが、五月四日でした。萩《はぎ》の名所・宮城野《みやぎの》に、まだ花のない青い萩《はぎ》をながめたりして、八日に仙台《せんだい》をはなれました。

五月九日（いまの六月二十五日）、朝早く塩釜神社《しおがまじんじゃ》にお参《まい》りしたあと、舟《ふね》をやとって松島《まつしま》へ向かいました。

松島《まつしま》は、天《あま》の橋立《はしだて》（京都府《きょうとふ》）・宮島《みやじま》（広島県《ひろしまけん》）とともに、日本三景《にほんさんけい》の一《ひと》つにかぞえられる名勝《めいしょう》です。

東南《とうなん》から海が入りこんで、三里《り》（約《やく》十二キロ）四方《しほう》の湾内《わんない》には青い潮《うしお》が満《まん》まんとたたえられ、無数《むすう》の島じまがちらばっています。

そのさまざまな形、緑《みどり》の松《まつ》のふぜい――自然を造《つく》りたもう神《かみ》のわざの見事《みごと》さに、

「これはすばらしい。さすがは松島《まつしま》だ。」

「絶景《ぜっけい》かな、松島《まつしま》。」

と、芭蕉《ばしょう》も曽良《そら》も、ただもう感嘆《かんたん》するばかりです。

だからといって、芭蕉が「松島《まつしま》や　ああ松島や　松島や」と詠《よ》んだわけではありません。

江戸《えど》をたつときからた
のしみにしていた
「松島《まつしま》」ですが、
芭蕉には、ひろうできるような句《く》が作れませんでした。
芭蕉《ばしょう》翁《おう》に松島《まつしま》の句《く》がないのはさびしいということで、後《こう》
世《せい》の人が、こんな句《く》を言い伝えたのでしょう。
曽良《そら》は一句《く》、詠《よ》みました。

松島《まつしま》や鶴《つる》に身をかれほととぎす　曽良《そら》

（松島《まつしま》はまったくよい景色《けしき》であることだ。ほととぎすよ、
鳴いてとぶときは、この松島《まつしま》にふさわしく、上品《じょうひん》な鶴《つる》の
すがたを借《か》りよ。）季語・「ほととぎす」（夏）

海上《かいじょう》二里《り》（約《やく》八キロ）あまり、三時間ほど「松島《まつしま》」をたのしんで、松島《まつしま》の雄島《おじま》の岸に着きました。瑞巌寺《ずいがんじ》に参拝《さんぱい》し、夜は松島《まつしま》の月をながめました。

石巻《いしのまき》から北上川《きたかみがわ》にそって北へのぼり、五月十三日（いまの六月二十九日）、平泉《ひらいずみ》（岩《いわ》手県西磐井郡《てけんにしいわいぐん》）に入りました。

平泉《ひらいずみ》は平安時代後期《へいあんじだいこうき》に、奥州藤原氏《おうしゅうふじわらし》が三代《さんだい》（清衡《きよひら》・基衡《もとひら》・秀衡《ひでひら》）にわたって栄《さか》えたところです。清衡《きよひら》は中尊寺《ちゅうそんじ》を、基衡《もとひら》は毛越寺《もうつうじ》を、秀衡《ひでひら》は無量光院《むりょうこういん》を建立《こんりゅう》して、東北《とうほく》の地に文化の花を咲《さ》かせ、平家《へいけ》や源氏《げんじ》に対抗《たいこう》する勢力《せいりょく》をほこりました。

源義経《みなもとのよしつね》は、京都《きょうと》の鞍馬山《くらまやま》からこの平泉《ひらいずみ》にやってきて、秀衡《ひでひら》にかくまわれ青年期《せいねんき》をすごしました。源平《げんぺい》の合戦《かっせん》で大活躍《だいかつやく》しましたが、兄頼朝《あによりとも》にうとまれ、追われる身となって、ようやく平泉《ひらいずみ》に逃《に》げてきました。秀衡《ひでひら》の好意《こうい》で高館《たかだち》に、弁慶《べんけい》らわずかな家来《けらい》たちと暮《く》らしていましたが、「北方《ほっぽう》の王者《おうじゃ》」・秀衡《ひでひら》が亡《な》くなると、むすこの泰衡《やすひら》は頼朝《よりとも》の圧力《あつりょく》に屈《くっ》して、義経《よしつね》をおそい命をうばいました。その泰衡《やすひら》は、頼朝《よりとも》がひきいる鎌倉《かまくら》の軍勢《ぐんぜい》に攻《せ》められて、藤原氏《ふじわらし》は滅《ほろ》びることになります。

「ここが藤原《ふじわら》氏の栄華《えいが》のあとなんですねえ、静かな村里《むらざと》ですが。」

「ああ、はなやかな都《みやこ》のようだったというが、すっかり田野《でんや》にかわっている。」

芭蕉と曽良《そら》は、まず高館《たかだち》の丘《おか》に登りました。雑草《ざっそう》が生《お》い茂《しげ》り、小さなお堂《どう》・義経堂《ぎけいどう》がぽつんとあります。

「ここに館《やかた》があったんですねえ。下を流れる北上川《きたかみがわ》といい、前に見える束稲山《たばしねやま》といい、なかなかのながめですが、義経《よしつね》が攻《せ》めほろぼされたところだと思うと、感慨《かんがい》ひとしおです。」

「義経《よしつね》も不運《ふうん》な武将《ぶしょう》だ。しかし、家来《けらい》たちも最後《さいご》まで主君《しゅくん》を守ってたたかったのだ。弁慶《べんけい》の立往生《たちおうじょう》が目にうかぶようだ。」

「先生、わたしには、しらが頭の老臣《ろうしん》、増尾《ますお》十郎兼房《じゅうろうかねふさ》の奮戦《ふんせん》ぶりがうかんできました。」

「ははは、曽良《そら》さんのは、そこの卯《う》の花《はな》の白からの連想《れんそう》ですね。」

ふたりは夏草《なつくさ》の上に腰《こし》をおろして、むかしをしのびました。芭蕉は杜甫《とほ》の詩《し》「春望《しゅんぼう》」(国破《くにやぶ》レテ山河《さんが》アリ、城春《しろはる》ニシテ草木深《そうもくふか》シ……)を思いかさねていました。人のいとなみははかないけれど、自然《しぜん》は悠久《ゆうきゅう》なのです。

夏草《なつくさ》や兵《つわもの》どもが夢《ゆめ》の跡《あと》　芭蕉

（ここはむかし、義経《よしつね》とその家来《けらい》たちや、藤原氏《ふじわらし》一族《いちぞく》の者たちが、あるいは功名《こうみょう》を夢《ゆめ》み、あるいは栄華《えいが》の夢《ゆめ》にふけったところだが、それもむなしく一場《いちじょう》の夢《ゆめ》とすぎさり、いまはただ夏草が生《お》い茂《しげ》るばかりである。）季語・「夏草」（夏）

このあと、中尊寺《ちゅうそんじ》に参詣《さんけい》しましたが、かつての壮大《そうだい》な伽藍《がらん》は失《うしな》われて、わずかに金色堂《こんじきどう》（光堂《ひかりどう》）と経堂《きょうどう》だけがなごりをとどめていました。

五月雨《さみだれ》の降《ふ》りのこしてや光堂《ひかりどう》　芭蕉

（年ごとに降《ふ》る五月雨《さみだれ》も、この光堂《ひかりどう》にだけは降《ふ》らなかったのであろうか、光堂《ひかりどう》だけがいまもなお光りかがやいていることよ。）季語・「五月雨《さみだれ》」（夏）

藤原氏《ふじわらし》が栄《さか》えたのは、奥州《おうしゅう》で砂金《さきん》が豊富《ほうふ》に産《さん》したからで、中尊寺《ちゅうそんじ》のすべての建物《たてもの》、すべての仏像《ぶつぞう》が、さんぜんとかがやく黄金《こがね》づくりであったといいます。一族《いちぞく》の葬堂《そうどう》としての金色堂《こんじきどう》に納《おさ》められた、藤原氏《ふじわらし》三代《さんだい》のミイラも、金色《こんじき》のひつぎに眠《ねむ》っていました。

10 『奥《おく》の細道《ほそみち》』の旅 ―尾花沢《おばなざわ》から大垣《おおがき》まで―

平泉《ひらいずみ》から南へさがって、鳴子温泉《なるごおんせん》をすぎ、尿前《しとまえ》の関《せき》をとおり、山刀伐峠《なたぎりとうげ》をこえて、五月十七日、尾花沢《おばなざわ》（山形県《やまがたけん》）に入りました。

尾花沢《おばなざわ》は、仙台《せんだい》・山形《やまがた》・新庄《しんじょう》への交通の要所《ようしょ》で、にぎやかな宿駅《しゅくえき》です。

ここには、江戸《えど》で何度か会ったことのある、鈴木清風《すずきせいふう》がいました。

「これは芭蕉先生、はるばるみちのくまで、ようこそみえられました。わたくしのところで、ゆっくりとなさってください。」

「おひさしぶりです、清風《せいふう》さん。お世話《せわ》になりますよ。」

清風《せいふう》は俳諧《はいかい》をたしなむ、紅花問屋《べにばなどんや》の主人でした。山形《やまがた》は紅花《べにばな》の産地《さんち》で、この尾花沢《おばなざわ》でも、赤味《あかみ》がかった黄色い花が、あちこちの畑をうずめていました。末摘花《すえつむはな》ともよばれる、キク科《か》の一年草《いちねんそう》で、その花は染料《せんりょう》や化粧品《けしょうひん》の紅《べに》の材料《ざいりょう》になるのでした。

土地の俳人《はいじん》たちと句会《くかい》をひらいたりして、二十七日まで滞在《たいざい》しました。

五月二十七日（いまの七月十三日）、尾花沢《おばなざわ》をたった芭蕉と曽良《そら》は、南へ八里《り》（約《やく》三十二キロ）ほど寄《よ》り道《みち》をして、立石寺《りっしゃくじ》（山形市《やまがたし》）に参詣《さんけい》しました。

地《じ》もとでは、「山寺《やまでら》」とよばれています。

松《まつ》や杉《すぎ》がうっそうと生《お》い茂《しげ》る、巨岩《きょがん》・奇岩《きがん》の山で、山上《さんじょう》のあちらこちらにお堂《どう》があります。けわしい石段道《いしだんみち》をはうようにして登っていくと、山の清《きよ》らかな静けさにつつまれて、心がすみわたるようです。

閑《しず》かさや岩にしみ入る蟬《せみ》の声　　芭蕉

（全山《ぜんざん》はひっそりと静まりかえっている。せみの鳴き声があたりの岩にしみ入るように感じられ、それがかえって静けさを深めるのである。）季語・「蟬《せみ》（の声）」（夏）

石に腰《こし》をおろして、汗《あせ》を風にすわせながら、芭蕉が一句詠《よ》みました。

曽良《そら》は、

「蝉《せみ》がこれだけ鳴いているのに、ほんとに静かですねえ。まったく音のないのよりも、むしろ蝉《せみ》の声によって、静かさが強まるんですね。そうだ、あの『蛙合せ《かわずあわせ》』のときに、嵐雪《らんせつ》さんがおっしゃっていた、あれですね。蛙《かわず》のとびこむ水音《みずおと》がして、かえってあたりの静かさが深まるという……。」

と、師《し》の俳諧《はいかい》の心を受けとめました。

山寺からまた北へひきかえして、大石田《おおいしだ》（山形県北村山郡《やまがたけんきたむらやまぐん》）に入りました。大石田《おおいしだ》は最《も》上川《がみがわ》の水運《すいうん》の基点《きてん》として、たいへん栄えていました。

ここでも土地の俳人《はいじん》たちと句会《くかい》をひらき、蕉風《しょうふう》の種をまきました。

新庄《しんじょう》でも句会《くかい》をひらき、六月三日（いまの七月十九日）、最上川《もがみがわ》を舟《ふね》で下《くだ》りました。最《も》上川《がみがわ》は、『野《の》ざらし紀行《きこう》』の旅のとちゅう、捨《す》て子《ご》を見かけた富士川《ふじがわ》、九州《きゅうしゅう》の球磨川《くまがわ》（熊本県《くまもとけん》）とともに、「日本三急流《にほんさんきゅうりゅう》」の一《ひと》つです。おりから五月雨《さみだれ》のころで、すさまじい流れでした。小舟《こぶね》は波しぶきの中を、すばやく走りすぎます。命からがら、それでも、これこそ奥《おく》の風流《ふうりゅう》のきわみと、芭蕉はよろこびました。

五月雨《さみだれ》をあつめて早《はや》し最上川《もがみがわ》　　芭　蕉

（ふりそそぐ五月雨《さみだれ》を一つに集めて、最上川は満《まん》まんとみなぎり、矢《や》のように流れてゆくことよ。）季語・「五月雨《さみだれ》」（夏）

山あいの右手の岸の青葉の中に、仙人堂《せんにんどう》や白糸《しらいと》の滝《たき》が見えました。

六月十三日、最上川《もがみがわ》河口《かこう》の酒田《さかた》へ着きました。酒田《さかた》は出羽《でわ》（山形《やまがた》・秋田《あきた》両県《りょうけん》の大部分《だいぶぶん》）の玄関《げんかん》ともいえる大きな港《みなと》で、たいへんなにぎやかさでした。

修験道《しゅげんどう》（仏教《ぶっきょう》の一派《いっぱ》）の霊場《れいじょう》である、出羽三山《でわさんざん》（羽黒山《はぐろさん》・月山《がっさん》・湯殿山《ゆどのさん》）をめぐり、句会《くかい》をひらいたりして、二十五日まで滞在《たいざい》しましたが、とちゅう北へ足をはこんで、象潟《きさかた》（秋田県由利郡《あきたけんゆりぐん》）をたずねました。江戸《えど》をたつときから、「松島《まつしま》」とともに、たのしみにしていたところです。

象潟《きさかた》は、東西《とうざい》二十余町《よちょう》（約《やく》二キロ）、南北《なんぼく》三十余町《よちょう》（約《やく》三キロ）の入《い》り江《え》に、無数《むすう》の島じまがちらばって、松島《まつしま》に似《に》た景勝《けいしょう》の地《ち》でした。でしたというのは、芭蕉がたずねてから百年あまりのちの一八〇四年（文化元年《ぶんかがんねん》）に、鳥海山《ちょうかいさん》の噴火《ふんか》による大地震《おおじしん》のために、入《い》り江《え》の海底《かいてい》が盛《も》りあがってしまったのです。現在《げんざい》の象潟《きさかた》は、一面《いちめん》の田んぼの中に、島じまのなごりがちらばっています。

さて、まだ入《い》り江《え》の象潟《きさかた》です。

「雨にけむっているのが残念《ざんねん》ですが、また松島《まつしま》にやってきたようですねえ。」

「そうだねえ。ただ、松島《まつしま》は笑《わら》っているようで明るかったが、象潟《きさかた》はどこかうれいをふくんだふぜいだねえ。雨のせいばかりではないようだ。」

象潟《きさかた》や雨に西施《せいし》がねぶの花　　芭蕉

（雨にけむる象潟《きさかた》、水べにはねむの花が雨にぬれて咲《さ》いている。そうした象潟《きさかた》のふぜいは、中国《ちゅうごく》の西施《せいし》という美人《びじん》が、もの思わしげに目をとじているようなおもむきである。）季語・「ねぶの花」（夏）

昼すぎには晴れてきたので、九十九島《くじゅうくしま》・八十八潟《はちじゅうやがた》の象潟《きさかた》に、舟《ふね》をこぎ出しました。東南に鳥海山《ちょうかいさん》がそびえ、西には日本海《にほんかい》がひろがっています。島にあがって、干満珠寺《かんまんじゅじ》（蚶満《かんまん》寺《じ》）にお参《まい》りしましたが、この島には西行《さいぎょう》が歌を詠《よ》んだという、桜《さくら》の老木《ろうぼく》がありました。

酒田《さかた》をあとに、日本海《にほんかい》ぞいを、南へ旅をつづけます。新潟《にいがた》をすぎ、七月四日（いまの八月十八日）、出雲崎《いずもざき》（新潟県三島郡《にいがたけんさんとうぐん》）に着きました。出雲崎《いずもざき》は越後《えちご》一番の港町《みなとまち》で、佐渡《さど》へわたる官船《かんせん》の船着《ふなつ》き場《ば》です。日本海《にほんかい》の荒波《あらなみ》の向こうに、佐渡《さど》が島《しま》が横《よこ》たわっています。

宿《やど》の窓《まど》から、ふたりは夜の海をながめていました。

「佐渡《さど》といえば、流人《るにん》の島ですねえ。流された罪人《ざいにん》たちは、
死ぬまで金《きん》を掘《ほ》らされるそうです。」

曽良《そら》がくらい目をします。

「罪《つみ》ある人たちとはいえ、国へ帰りたいだろうに、
妻《つま》や子にも会いたいだろうに、すすり泣《な》き、いや、
うめき声が聞こえるようで、おそろしい感じがする。」

芭蕉も涙《なみだ》ぐむように、しみじみと言います。

佐渡《さど》には幕府《ばくふ》の金山《きんざん》があって、流人《るにん》たちが
掘《ほ》り出《だ》しに水替《みずかえ》にと、地獄《じごく》の作業《さぎょう》を
させられているのでした。

「七夕《たなばた》も近いが、天《あま》の川《がわ》がさえかえって、
佐渡《さど》のほうへ流れている。
天《てん》の大きな心だねえ。」

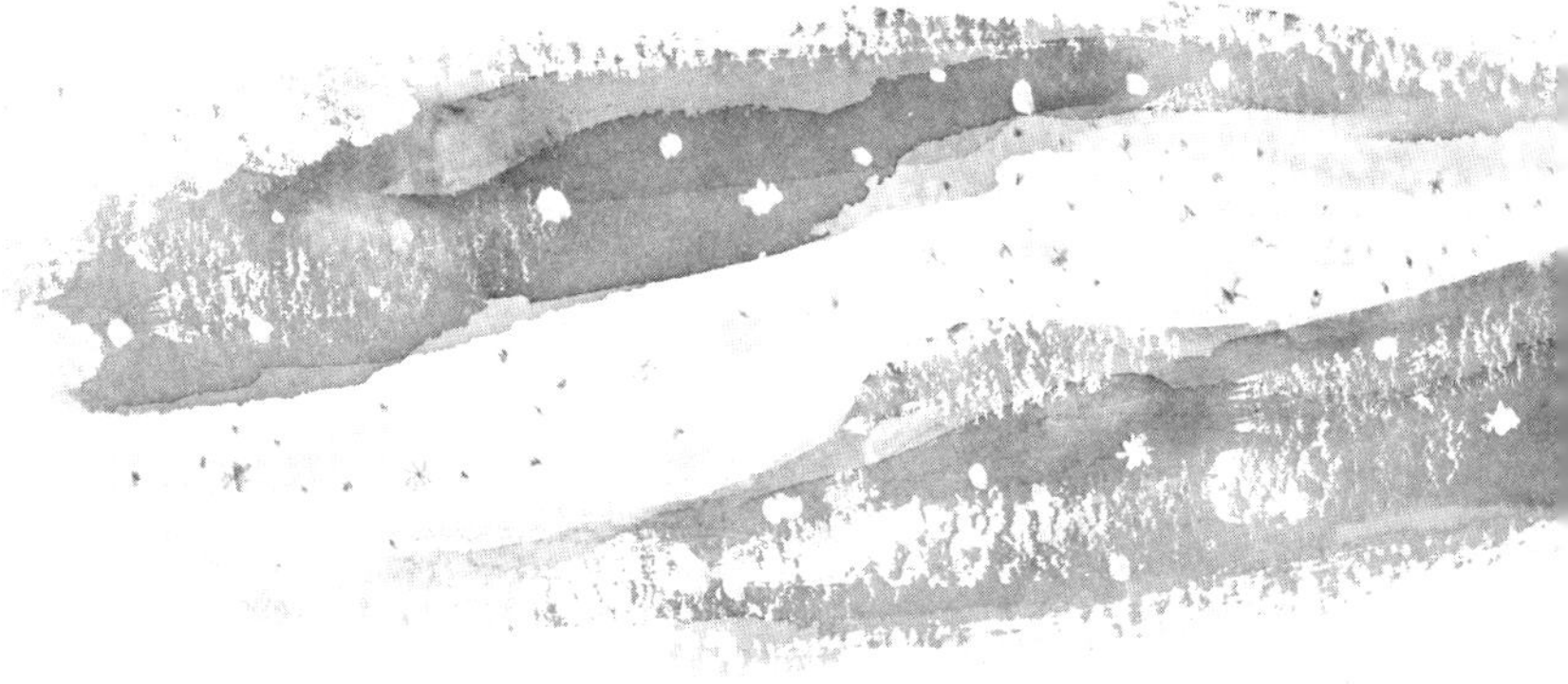

荒海《あらうみ》や佐渡《さど》によこたふ《（とう）》天《あま》の川《がわ》

芭蕉

（日本海《にほんかい》のくらい荒海《あらうみ》のかなたに、
黒ぐろと佐渡《さど》が島《しま》が見える。
その佐渡《さど》が島《しま》のほうへ、
すんだ秋の夜空《よぞら》をよぎって、
天《あま》の川《がわ》が大きく横《よこ》たわっている。）

季語・「天《あま》の川《がわ》」（秋）

七月はもう、秋の月です。

柏崎《かしわざき》・直江津《なおえつ》・高田《たかだ》（上越市《じょうえつし》）などにも、俳諧《はいかい》をたしなむ人はいましたが、まだ貞門《ていもん》や談林《だんりん》にとどまっているのでした。それでも、芭蕉が新しい俳諧《はいかい》のみちびき手であることを知って、この機会《きかい》にと、指導《しどう》をあおぐのでした。

断崖絶壁《だんがいぜっぺき》のすそを、波しぶきをよけながら通《とお》る「親《おや》不知《しらず》・子《こ》不知《しらず》」の難所《なんしょ》をこえて、越《えっ》中《ちゅう》（富山県《とやまけん》）に入《はい》りました。黒部川《くろべがわ》をはじめとする、いくつもの川をわたって、高岡《たかおか》に泊《と》まったのが、七月十四日でした。

翌《よく》七月十五日（いまの八月二十九日）、高岡《たかおか》をたって、金沢《かなざわ》（石川県《いしかわけん》）へ向かいました。とちゅう、倶利伽羅峠《くりからとうげ》をこえました。ここは平安時代《へいあんじだい》の末《すえ》に、木曽義仲《きそよしなか》が、角《つの》に松明《たいまつ》をつけた四、五百頭《とう》の牛《うし》を追《お》い落《お》として、平家《へいけ》の大軍《たいぐん》をさんざんに打《う》ちやぶったところです。

加賀《かが》百万石《ごく》の城下町《じょうかまち》・金沢《かなざわ》には、午後《ごご》二時ごろに着きました。

金沢《かなざわ》は北国第一《ほっこくだいいち》の都会《とかい》で、豊《ゆた》かで文化のかおり高い町です。

「金沢《かなざわ》には新しい俳諧《はいかい》に熱心《ねっしん》な人がたくさんいるようですねえ。」

気品《きひん》のただよう町並《まちな》みを見やりながら、曽良《そら》が言います。

「そうなんです。小杉一笑《こすぎいっしょう》という人が、江戸《えど》へ何度も手紙《てがみ》をくれました。なかなかいい句《く》を作る人なので、会うのがたのしみです。」

ところがその一笑《いっしょう》が、昨年《さくねん》の十二月に世を去っていたのです。

「芭蕉先生が奥羽行脚《おううあんぎゃ》の旅にのぼられ、この金沢《かなざわ》に近づいておられると聞くにつけ、一笑《いっしょう》さんが生きておられたら、さぞよろこんだろうにと、かわいそうでなりませんでした。」

一笑《いっしょう》と親しかった立花牧童《たちばなぼくどう》が、涙《なみだ》ながらにくやしがります。

芭蕉は一笑《いっしょう》の墓《はか》にもうで、会えなかった弟子《でし》をしのび、こみあげる無念《むねん》さに、からだをふるわせて泣《な》きました。

塚《つか》も動け我《わ》が泣《な》く声は秋の風　　芭蕉

（君を思うて泣《な》くわたしの声は、秋風となって墓《はか》を吹《ふ》きめぐる。わが泣《な》く声に感じて、墓《はか》

も動きいでよ。）季語・「秋の風」（秋）

「先生、句会《くかい》におともできなくて、申《もう》しわけありません。」

曽良《そら》は、旅の疲《つか》れが出たのか、残暑《ざんしょ》にまいったのか、寝込《ねこ》んでいました。芭蕉はこれまでに何度か、持病《じびょう》の疝気《せんき》（発作的《ほっさてき》にくる強烈《きょうれつ》な腹痛《ふくつう》）や痔《じ》に悩《なや》まされましたが、いまはなんとか元気でした。

金沢《かなざわ》は俳諧《はいかい》の盛《さか》んなところで、彼《かれ》らは蕉風《しょうふう》に学ぼうとしていました。立花牧童《たちばなぼくどう》・北枝《ほくし》兄弟《きょうだい》や河合乙州《かわいおとくに》（大津《おおつ》の人）といった、すぐれた俳人《はいじん》が入門《にゅうもん》して、加賀蕉門《かがしょうもん》が生まれました。

二十四日に金沢《かなざわ》をたちましたが、立花北枝《たちばなほくし》（三十数歳《すうさい》）は芭蕉をしたってついてきました。北枝《ほくし》は刀研《かたなと》ぎ師《し》でした。

山中温泉《やまなかおんせん》（江沼郡《えぬまぐん》）をたずねました。金沢滞在中《かなざわたいざいちゅう》から健康《けんこう》のすぐれない曽良《そら》に、湯治《とうじ》をさせてやろうと思ったからです。

山中《やまなか》での滞在《たいざい》は、十日間でした。三人はくる日もくる日も温泉《おんせん》にはいって、のんびりとすごしました。

「先生、俳諧《はいかい》の正しいあり方をお聞かせください。」

「俳諧《はいかい》は、身近《みぢか》なものを、ふだんのことばでうたっていくのです。俗《ぞく》であって俗《ぞく》でないためには、風雅《ふうが》の心を失《うし》なわないことです。」

北枝《ほくし》はのちに、このとき師《し》からうかがった話を、『山中問答《やまなかもんどう》』に書きとめました。

滞在《たいざい》がつづいたある日、曽良《そら》が言いました。

「先生、名高い山中《やまなか》の湯《ゆ》につかって、だいぶ元気にはなりましたが、この先わたしがおともをいたしたのでは、かえって足手まといになりそうです。ひと足さきにたたせていただきとう存《ぞん》じます。」

「そうですか、いや、これまでよくつくしてくれました、ありがたく思っていますよ。北陸路《ほくりくじ》も残《のこ》りすくないことだし、わたしひとりでだいじょうぶです。それより曽良《そら》さんこそ、とちゅうで道ばたに倒《たお》れないかと、心配ですよ。」

「いえ、たとえ行き倒《ゆだお》れになっても、そこは萩《はぎ》の花が咲《さ》く野原でしょうから、風雅《ふうが》にあそぶ者として本望《ほんもう》です。」

「曽良《そら》さん、この北枝《ほくし》めがしばらく先生のおともをいたしますので、お先にどうぞ。」

ということで、八月五日、曽良《そら》は別れて、身寄《みよ》りのいる伊勢《いせ》の長島《ながしま》（三重県桑名郡《みえけんくわなぐん》）へ向かいました。

芭蕉のおともは北枝《ほくし》です。那谷寺《なたでら》（小松市《こまつし》）に参詣《さんけい》し、八月七日、大聖寺《だいしょうじ》（加賀市《かがし》）郊外《こうがい》の全昌寺《ぜんしょうじ》に泊《と》まると、昨夜《さくや》ここに、曽良《そら》が泊《と》まったということでした。わずか一夜《いちや》のへだたりですが、会うことのできないさびしさに、芭蕉には千里《せんり》もへだたっているように思われるのでした。

越前《えちぜん》（福井県《ふくいけん》）に入りました。

「それでは先生、お気をつけて旅をなさってください。」

「ありがとう。あなたもしっかり、俳諧《はいかい》にはげんでくださいよ。」

松岡《まつおか》で北枝《ほくし》と別れ、ひとりで永平寺《えいへいじ》（吉田郡《よしだぐん》）にもうでたあと、福井《ふくい》の神戸等栽《かんべとうさい》をたずねました。
等栽《とうさい》は十年あまり前に、江戸《えど》で会ったことのある、ひょうひょうとした隠者《いんじゃ》でした。そのみすぼらしい小家《こいえ》に二《ふた》ばん泊《と》めてもらったあと、等栽《とうさい》の案内で、港町敦賀《みなとまちつるが》へ向かいました。

敦賀《つるが》の宿《やど》で八月十五夜《や》をむかえましたが、あいにくと雨でした。

十六日はよく晴《は》れて、等栽《とうさい》とふたりで、舟《ふね》で敦賀半島《つるがはんとう》の「種《いろ》（色）の浜《はま》」にあそびました。

敦賀《つるが》の宿《やど》へ、人がたずねてきました。

「先生、大垣《おおがき》へ着かれた曽良《そら》さんからうかがって、わたくしがおむかえにあがりました。」

それは、美濃大垣《みのおおがき》の門人《もんじん》、八十村路通《やそむらろつう》でした。

等栽《とうさい》と別れ、路通《ろつう》の案内で、芭蕉は顔見知《かおみし》りの門人たちが待つ大垣《おおがき》へ向かいました。

八月二十日過《す》ぎに、馬で大垣《おおがき》入りした芭蕉は、

「先生、よくごぶじでお帰りになりました。」

「奥羽《おうう》・北陸行脚《ほくりくあんぎゃ》の長旅《ながたび》、ご苦労《くろう》さまでした。」

「お待ちしておりました。」

と、近藤如行宅《こんどうじょこうたく》へ、むかえ入れられました。

そこにはたくさんの門人たちがつめかけていました。谷木因《たにぼくいん》、名古屋《なごや》から馬をとばしてきたという越智越人《おちえつじん》。曽良《そら》も長島《ながしま》から出てきていました。元気そうです。

「曽良《そら》さん、からだはもういいようですね。あなたのおともで、いい旅ができました。」

『奥《おく》の細道《ほそみち》』の旅は、その道のり六百里《り》（約《やく》二千四百キロ）、百五十日におよぶ大旅行《だいりよこう》でした。健脚《けんきやく》とうわさされる足ではあっても、五月雨《さみだれ》の中を、けわしい山道を、てりつける暑《あつ》さの中を、

「このからだがよくぞたえぬいてくれたものです。」「よくぞ生きて帰れたものです。」

と、芭蕉は感激《かんげき》に胸《むね》を熱《あつ》くするのでした。

そぞろ神《がみ》（なんとなく人の心をゆうわくする神《かみ》）にとりつかれた芭蕉は、大垣《おおがき》にも長くはいませんでした。伊勢神宮《いせじんぐう》の遷宮《せんぐう》（神殿《しんでん》を建《た》てかえ、神霊《しんれい》を移《うつ》すこと。二十一年目ごとに行われる）をおがむために、九月六日（いまの十月十八日）、曽良《そら》と路通《ろつう》をともなって、

船で伊勢《いせ》へ向かいました。

蛤《はまぐり》のふたみにわかれ行《ゆ》く秋ぞ　芭蕉

（はなれがたいはまぐりのふたと身がわかれるように、親《した》しい人びととつらい別れをして、わたしはこれから伊勢《いせ》の二見《ふたみ》が浦《うら》へ向かおうとしている。おりから季節《きせつ》も秋のおわりで、ひとしおさびしさが身にしみることだ。）季語・「行《ゆ》く秋」（秋）

『奥《おく》の細道《ほそみち》』のおわりの一句《いっく》です。

11　京《きょう》・近江《おうみ》の門人《もんじん》たちと

伊勢《いせ》で遷宮《せんぐう》をおがんだあと、故郷《こきょう》伊賀《いが》へ帰るとちゅうの山中《さんちゅう》で、

初《はつ》しぐれ猿《さる》も小蓑《こみの》をほしげなり　芭蕉

（蓑《みの》を着て初《はつ》しぐれの山路《やまじ》をたどっていると、道ばたの木に猿《さる》がうずくまっている。この猿《さる》も小蓑《こみの》をほしそうなようすだ。）季語・「初《はつ》しぐれ」（冬）

の句《く》が生まれました。のちに、「俳諧七部集《はいかいしちぶしゅう》（芭蕉七部集）」の最高峰《さいこうほう》、『猿蓑《さるみの》』（元禄《げんろく》四年刊《かん》）の巻頭《かんとう》をかざる句《く》です。

九月のおわりから十一月のおわりまで、上野《うえの》に滞在《たいざい》し、肉親《にくしん》と顔を合わせ、伊賀《いが》の門人たちと交流《こうりゅう》しました。

曽良《そら》は江戸《えど》へ帰り、芭蕉は路通《ろつう》とふたりで奈良《なら》から京都《きようと》へまわり、湖南《こなん》の膳所《ぜぜ》（滋賀《しが》県大津市《けんおおつし》）で年をこします。

元禄《げんろく》三年（一六九〇）。芭蕉は四十七歳《さい》になりました。一月三日、路通《ろつう》と別れて、伊賀《いが》へ帰り、三月中ごろ、また膳所《ぜぜ》にもどります。

大津《おおつ》には、金沢《かなざわ》で入門した河合乙州《かわいおとくに》と、その母で蕉門《しようもん》の女流俳人《じよりゆうはいじん》・智月尼《ちげつに》もいます。膳所《ぜぜ》の水田正秀《みずたまさひで》の世話《せわ》で、義仲寺《ぎちゆうじ》境内《けいだい》の「無名庵《むみようあん》」にも滞在《たいざい》しました。（翌年《よくねん》には、正秀《まさひで》らによって新庵《しんあん》が建てられます。）義仲寺《ぎちゆうじ》は源氏《げんじ》の武将《ぶしよう》・木曽義仲《きそよしなか》をほうむった寺で、「木曽塚《きそづか》」とよばれていました。

晩春《ばんしゆん》の一日《ひとひ》、近江《おうみ》の門人たちと、琵琶湖《びわこ》に舟《ふね》をうかべました。

行《ゆ》く春を近江《おうみ》の人と惜《お》しみける　芭蕉

（琵琶湖《びわこ》のほとりに春はいま行《ゆ》こうとしている。古人《こじん》に愛《あい》されてきた「近江《おうみ》の春」であるが、自分も近江《おうみ》の人びととともに、過《す》ぎゆく春を惜《お》しんだことだ。）季語・「行《ゆ》く春」（春）

四月六日、芭蕉はさすらいの身を休めるために、石山《いしやま》の奥《おく》、国分山《こくぶやま》の「幻住庵《げんじゅうあん》」に入りました。膳所《ぜぜ》の菅沼曲水《すがぬまきょくすい》（曲翠《きょくすい》）が提供《ていきょう》してくれた、山の中腹《ちゅうふく》のひっそりとした草庵《そうあん》で、琵琶湖《びわこ》のながめがまるで絵に描《か》いたようです。

新しい門人の各務支考《かがみしこう》が炊事《すいじ》やせんたくの世話《せわ》をしてくれて、のんびりとした山住《やまず》みの日びをたのしみました。

しかし四月上旬《じょうじゅん》には、あのいびきの万菊丸《まんぎくまる》・坪井杜国《つぼいとこく》が三十余歳《よさい》の若《わか》さで亡《な》くなったことを知らされ、夢《ゆめ》の中でまで涙《なみだ》を流して悲しみました。四月下旬《げじゅん》には、金沢《かなざわ》の大火《たいか》（三月十六日夜から翌日《よくじつ》にかけて）によって焼《や》け出された立花北枝《たちばなほくし》のために、見舞《みま》いの手紙を書きました。この世に住んでいる（生きている）こと自体が、幻《まぼろし》のように思えるのです。

つらい、悲しいこともありましたが、五月には、京都《きょうと》の野沢凡兆《のざわぼんちょう》たちと瀬田川《せたがわ》に舟《ふね》をうかべて、蛍狩《ほたるが》りをし、六月には京都《きょうと》へ出かけたりしました。

草庵《そうあん》には、京《きょう》・近江《おうみ》の門人たちだけでなく、名古屋《なごや》の岡田野水《おかだやすい》、越智越人《おちえつじん》、大垣《おおがき》の近藤如行《こんどうじょこう》、伊賀《いが》の高畑市隠《たかはたしいん》、福井《ふくい》の神戸等栽《かんべとうさい》などがたずねてきました。

持病《じびょう》の痔《じ》の出血《しゅっけつ》に悩《なや》まされ、また、秋風が立って山は冷《ひ》えこむようになったので、七月二十三日に、幻住庵《げんじゅうあん》をひきはらい、大津義仲寺《おおつぎちゅうじ》の無名庵《むみょうあん》に移《うつ》ります。

山の草庵《そうあん》での生活を、『幻住庵記《げんじゅうあんのき》』に書きとめました。

八月に、「七部集《しちぶしゅう》」の第四集『ひさご』（浜田珍碩編《はまだちんせきへん》）が出版《しゅっぱん》されます。第三集『曠《あら》野《の》』（荷兮編《かけいへん》）は前の年に出ています。

大津《おおつ》で元禄《げんろく》四年（一六九一）をむかえ、四十八歳《さい》になります。一月上旬《じょうじゅん》に伊賀《いが》へ帰り、四月十八日、京都《きょうと》の「落柿舎《らくししゃ》」に入ります。

落柿舎《らくししゃ》は、洛西《らくせい》・嵯峨《さが》にある、向井去来《むかいきょらい》の別荘《べっそう》です。敷地《しきち》は（いまの落柿舎《らくししゃ》とちがって）かなり広びろとしています。

「先生、ようこそおたずねくださいました。ゆっくりご滞在《たいざい》ください。」

武芸《ぶげい》にも通《つう》じた、学者肌《がくしゃはだ》の去来《きょらい》が、丁重《ていちょう》にむかえてくれます。

「ありがとう。竹やぶのふぜいといい、嵐山《あらしやま》のながめといい、嵯峨《さが》はいつ来てもいいと

ころです。しばらくいさせてもらいますよ。」

この草庵《そうあん》に名前がついたのは、元禄《げんろく》二年の秋でした。去来《きょらい》は庵《いおり》の庭にある数十本《すうじっぽん》の柿《かき》を、木のまま商人《しょうにん》に売ったのですが、その夜、嵐《あらし》が吹《ふ》いて、柿《かき》の実がすっかり落ちてしまったのです。それで、「落柿舎《らくししゃ》」と名づけたのです。去来《きょらい》はもちろん、金を返してやりました。

去来《きょらい》はこの年四十一歳《さい》で、洛中《らくちゅう》の本宅《ほんたく》から通《かよ》ってきました。

「先生、『風雅《ふうが》の誠《まこと》』とは、どういうものでしょうか。」

「俳諧《はいかい》には時代をこえて変わらない姿《すがた》、つまりは『不易《ふえき》』というものがあり、また、新しさをもとめて変化《へんか》していく『流行《りゅうこう》』というものがあります。よく不易《ふえき》を知ったうえで、流行《りゅうこう》に移《うつ》るのです。流行のなかに不易《ふえき》があるともいえます。たとえば季節がそうです。四季の変化を見せながら、そこに変わらない自然というものがあるのです。不易《ふえき》と流行《りゅうこう》という、矛盾《むじゅん》するように思えるものを一《ひと》つにまとめているのが、『風雅《ふうが》の誠《まこと》』なのです。これがおおもとなのです。」

「奥深《おくふか》い内容《ないよう》ですので、わたくしにはむずかしゅうございますが、じっくり考えてみることにいたします。」

去来《きょらい》は、「関東《かんとう》に其角《きかく》あり。関西《かんさい》に去来《きょらい》あり。」といわれた、蕉門《しょうもん》のすぐれた俳人《はいじん》で、のちに『去来抄《きょらいしょう》』を書いて、師《し》の教えを伝えました。

白楽天《はくらくてん》（中国唐代《ちゅうごくとうだい》の詩人）の『白氏文集《はくしもんじゅう》』や、紫式部《むらさきしきぶ》（平安《へいあん》時代の女流《じょりゅう》文学者）の『源氏物語《げんじものがたり》』を読み直したり、嵯峨野《さがの》を散歩《さんぽ》したりして、芭蕉は五月五日まで滞在《たいざい》しました。このときのようすを書いたのが、『嵯峨日記《さがにっき》』です。

落柿舎《らくししゃ》には弟子《でし》たちがしきりにたずねてきましたが、その中には、新しい門人の内藤《ないとう》丈草《じょうそう》（三十歳《さい》）もいました。丈草《じょうそう》はもと尾張犬山藩士《おわりいぬやまはんし》で、しゃれたいい句《く》を作る人でした。

五月二日、江戸《えど》の曽良《そら》がやってきて、

「先生、奥羽《おうう》への旅に立たれてから、もう二年になります。江戸《えど》の者たちが、首を長くして待っておりますので、そろそろお帰りください。」

と、江戸《えど》の弟子《でし》たちの気持ちを伝えました。

「そうだねえ。江戸《えど》にもごぶさたしてしまったようだ。」

直接《ちょくせつ》に不満《ふまん》をうったえられて、芭蕉は、近江《おうみ》や京《きょう》のほうに居心地《いごこち》よさを感じている自分に気づくのでした。

それでも、しばらくは京《きょう》、大津《おおつ》にとどまります。

七月三日に、「七部集《しちぶしゅう》」の第五集『猿蓑《さるみの》』（去来《きょらい》・凡兆編《ぼんちょうへん》）が出版《しゅっぱん》されました。芭蕉がすぐれた句《く》のありさまと考えた、「さび」「しをり《(お)》」があらわれており、蕉風《しょうふう》の完成《かんせい》を見る句集《くしゅう》として、高く評価《ひょうか》されることになります。

芭蕉が親類《しんるい》すじの天野桃隣《あまのとうりん》と支考《しこう》をともなって、江戸《えど》に帰りついたのは、十月二十九日でした。

「これは先生、ようこそ江戸《えど》へお帰りくださいました。」

「おなつかしゅうございます。」

「奥羽《おうう》の旅の話をうかがうのを、たのしみにしておりました。」

江戸《えど》には江戸《えど》の、なつかしい顔が待っていました。

「千住《せんじゅ》をたってから、思いがけなく長く留守《るす》をいたしました。また、よろしくお願いしますよ。」

芭蕉庵《ばしょうあん》は人手にわたっていたので、しばらくは、日本橋《にほんばし》橘町《たちばなちょう》の借家《しゃくや》で暮《く》らしました。

杉風《さんぷう》たちによって、「芭蕉庵《ばしょうあん》」が再興《さいこう》されたのは、翌元禄《よくげんろく》五年（一六九二）の五月でした。これが三度目ですが、場所は最初《さいしょ》の芭蕉庵《ばしょうあん》に近い、小名木川河口《おなぎがわかこう》のすぐ北（いまの江東区《こうとうく》常盤《ときわ》一丁目《いっちょうめ》）です。

南に面《めん》した三部屋《みへや》の草庵《そうあん》で、池があり、芭蕉も五本植《う》えられました。

弟子《でし》たちがたずねてきたり、句会《くかい》にまねかれていったり、また、高名《こうめい》な俳諧師《はいかいし》としての生活が始まりました。

近江彦根藩士《おうみひこねはんし》の森川許六《もりかわきょりく》（三十七歳《さい》）も、草庵《そうあん》をたずねてきて入門しました。翌年《よくねん》、許六《きょりく》が彦根《ひこね》に帰るとき、芭蕉は「許六離別《きょりくりべつ》の詞《ことば》（柴門《さいもん》の辞《じ》）」を贈《おく》りました。

許六《きょりく》はのちに、蕉門《しょうもん》の俳文《はいぶん》を収《おさ》めた『風俗文選《ふうぞくもんぜん》』を出版《しゅっぱん》しました。

「先生、寿貞尼《じゅていに》のご容体《ようだい》がよくないようです。こちらへ住まわせてあげてはいかがでしょうか。」

芭蕉庵《ばしょうあん》へやってきた杉風《さんぷう》が、遠慮《えんりょ》がちにきりだします。

「そうですか、あれもかわいそうなやつです。せめてものことに身近《みぢか》においてやりますか。」

芭蕉もしんみりと言います。

寿貞《じゅてい》というのは、芭蕉の若《わか》いころの愛人《あいじん》で、青春《せいしゅん》の放浪時代《ほうろうじだい》に京都《きょうと》で知り合ったようです。彼女《かのじょ》はその後《ご》よそへとつぎましたが、夫《おっと》と別れ、三人の子を連《つ》れてあちらこちらさまよった末に、この深川《ふかがわ》へやってきていたのでした。

芭蕉は寿貞《じゅてい》のむすこ・次郎兵衛《じろべえ》に、走《はし》り使《づか》いをさせたりしていました。

12 さいごの旅

元禄《げんろく》七年（一六九四）をむかえます。

芭蕉庵《ばしょうあん》にあらわれた尼《あま》さんすがたの寿貞《じゅてい》は、病気のためにすっかりやせおとろえていました。

「名のあるお師匠《ししょう》さまのところに、わたくしのような者がおしかけまして、申《もう》しわけないことです。」

「なにを言います、寿貞《じゅてい》。あなたにはこれまで何もしてあげられなかった。ここでせいぜい養生《ようじょう》してくださいよ。」

寿貞《じゅてい》と、そのむすめのまさ、おふうを芭蕉庵《ばしょうあん》に住まわせて、五月十一日、芭蕉はまた、西へ向かって旅立ちます。

今度は四国《しこく》や九州《きゅうしゅう》へも行ってみたいと思っていたのです。ところが、見送ってくれた江戸《えど》の弟子《でし》たちとは、これが最後《さいご》の別れになります。

そんなことになろうとは知るはずもない芭蕉は、まだ見ぬ土地へのあこがれに胸《むね》をふくらませていました。おともは、まだ十六、七歳《さい》の、寿貞《じゅてい》の子次郎兵衛《じろべえ》です。芭蕉の荷物《にもつ》の中には、字の上手《じょうず》な柏木素竜《かしわぎそりゅう》という俳人《はいじん》が清書《せいしょ》をしてくれた、『奥《おく》の細道《ほそみち》』がありました。

二十八日、伊賀上野《いがうえの》に帰りつき、うるう五月（この年はこよみの関係《かんけい》で五月が二度ありました）十六日、上野《うえの》をたって、湖南《こなん》へ向かいます。

京都《きょうと》の落柿舎《らくししゃ》にいた、六月のはじめに、芭蕉は悲しい知らせを受け取ります。芭蕉庵《ばしょうあん》に身を寄《よ》せていた、寿貞《じゅてい》が亡《な》くなったのです。

「ふしあわせなやつだ。さんざん苦労《くろう》したすえに……。」

芭蕉は次郎兵衛《じろべえ》をすぐ、江戸《えど》に帰してやりました。

湖南《こなん》にいた六月二十八日、志田野坡《しだやば》らが編《あ》んだ、「七部集《しちぶしゅう》」の第六集『炭俵《すみだわら》』が出版《しゅっぱん》されました。芭蕉晩年《ばんねん》の俳風《はいふう》である、「軽《かる》み」のあらわれた句集《くしゅう》です。

梅《むめ》が香《か》にのつと日の出る山路《やまじ》かな　　芭　蕉

（早春《そうしゅん》の朝の山道をたどっていると、ほのかに梅《うめ》の花のにおいがただよってくる。行く手に思いがけず、赤い大きな朝日が、のっとさし出たことよ。）季語・「梅《むめ》（が香《か》）」（春）

という句《く》のように、深く物事《ものごと》の本意《ほんい》を知ったうえで、自然にさらりと詠《よ》むのが、「軽《かる》み」です。（第七集の『続猿蓑《ぞくさるみの》』は、芭蕉の没後《ぼつご》、元禄《げんろく》十一年に出版《しゅっぱん》されます。）

七月十五日のお盆《ぼん》には伊賀《いが》にいて、家族《かぞく》で愛染院《あいぜんいん》（上野市農人町《うえのしのうにんまち》）に墓参《はかまい》りをしました。芭蕉もすっかり老人《ろうじん》になっていましたが、兄の半左衛門《はんざえもん》も、およしたち妹《いもうと》も、いまはみんな年をとって、しらが頭になり杖《つえ》をついているのでした。

父母《ふぼ》の霊《れい》をおがみながら、芭蕉は亡《な》くなった寿貞《じゅてい》のめいふくを、心のなかで祈《いの》っていました。

伊賀《いが》の弟子《でし》たちが生家《せいか》のうら庭に、「無名庵《むみょうあん》」を建《た》ててくれてありました。この新庵《しんあん》でもよおした、八月十五夜《や》の月見の会が、伊賀《いが》の門人《もんじん》たちとの最後《さいご》の交流《こうりゅう》になりました。

九月八日、支考《しこう》や広瀬惟然《ひろせいぜん》、江戸《えど》からもどった次郎兵衛《じろべえ》らと伊賀《いが》をたち、大阪《おおさか》へ向かいました。肉親《にくしん》たちとも、最後の別れになりました。

とちゅう奈良《なら》で、重陽《ちようよう》（九月九日の節句《せつく》）をむかえ、

菊《きく》の香《か》や奈良《なら》には古き仏達《ほとけたち》　芭蕉

（古《ふる》い都《みやこ》の奈良《なら》の町には、菊《きく》がいまをさかりと咲《さ》きかおり、寺でらにはみ仏《ほとけ》たちが、昔《むかし》ながらの尊《とうと》いすがたでおいでになる。）季語・「菊《きく》（の香《か》）」（秋）


の句《く》を詠《よ》みました。この日のうちに、大阪《おおさか》に入りました。

大阪《おおさか》は京《きよう》都《と》とともに、のちに「元禄文化《げんろくぶんか》」とよばれる、町人《ちようにん》の文化が花ひらいていました。浮世草子《うきよぞうし》の井原西鶴《いはらさいかく》は、昨年《さくねん》八月に、五十二歳《さい》で亡《な》くなったのでした。

大阪《おおさか》では、浜田洒堂《はまだしやどう》（珍碩《ちんせき》）や槐本之道《えのもとしどう》の家に泊《と》まりましたが、気分《きぶん》がすぐれず、寒《さむ》けや頭痛《ずつう》がしました。それでも、待ちかねていた門人たちのために、句会《くかい》にも出席《しゆつせき》し、二十六日には、

此《こ》の道や行《ゆ》く人なしに秋の暮《くれ》　芭　蕉

（自分のたどるこの道は、行《ゆ》く人もとだえて、秋の暮色《ぼしょく》がさびしく迫《せま》ってくることだ。）

季語・「秋《あき》の暮《くれ》」（秋）

という句《く》を詠《よ》んで、わが俳諧《はいかい》の道を真《しん》に正しく歩《あゆ》む人のいないさびしさを、もらしました。二十七日には、伊勢出身《いせしゅっしん》の女流《じょりゅう》の門人・斯波園女《しばそのめ》（三十一歳《さい》）の家にまねかれて、句《く》会《かい》をひらきました。食膳《しょくぜん》にのぼった、まつたけのむし焼《や》きやしめじの吸《す》い物《もの》がおいしくて、おかわりまでしました。芭蕉はこんにゃくやきのこが大好物《だいこうぶつ》だったのです。二十八日夜の句会《くかい》から帰ったあと、腹《はら》ぐあいがおかしくなり、明晩《みょうばん》の句会《くかい》には出られそうにないので、

秋深《あきふか》き隣《となり》は何をする人ぞ　芭　蕉

（秋の深まっていくきょうこのごろ、となりの人はひっそりと暮《く》らしているが、いったい何で暮《く》らしを立てている人なのであろうか。）季語・「秋深き」（秋）

の句《く》を詠《よ》んで、次郎兵衛《じろべえ》に届《とど》けさせました。

二十九日はやはり句会《くかい》にも出られず、夜には下痢《げり》がひどくなりました。芭蕉はもともと胃腸《いちょう》が弱かったのですが、体調《たいちょう》がよくないところへ、園女亭《そのめてい》でのきのこの食べすぎがたたったようです。

容体《ようだい》は日ごとに悪くなります。どこか静かなところへと、十月五日に、道修町《どしょうまち》（大阪《おおさか》市東区《しひがしく》）の之道《しどう》亭からかごで、南御堂ノ前《みなみみどうのまえ》（大阪市東区北久太郎町四丁目《おおさかしひがしくきたきゅうたろうまちちょうめ》）の「花屋《はなや》」仁右衛門《にえもん》方のはなれへ移《うつ》されました。

芭蕉翁重態《ばしょうおうじゅうたい》の知らせを受けて、七日には、近江《おうみ》の門人たちや京都《きょうと》の去来《きょらい》がかけつけました。

「先生、しっかりなさってください。」

「ああ、みなさん来てくれましたか。思いがけなく倒《たお》れてしまいました。」

八日の夜ふけ（九日午前二時ごろ）、看病《かんびょう》をしてくれていた呑舟《どんしゅう》という弟子《でし》に、芭蕉はつぎの句《く》を書きとめさせました。

旅《たび》に病《や》んで夢《ゆめ》は枯野《かれの》をかけ廻《めぐ》る　芭蕉

（意気込《いきご》んで出発《しゅっぱつ》した旅のとちゅうで、思いがけなく病《やまい》に倒《たお》れてしまった。病床《びょうしょう》で見る夢《ゆめ》の中で自分は、し残した旅を追って、さびしい枯野《かれの》をかけめぐることだ。）季語・「枯《かれ》野《の》」（冬）


生涯最後《しょうがいさいご》の句《く》です。

大津《おおつ》の医者《いしゃ》で門人の望月木節《もちづきもくせつ》が脈《みやく》をとりましたが、下痢《げり》がつづいて衰弱《すいじやく》しきった芭蕉のからだに、薬《くすり》の効果《こうか》はあらわれませんでした。

食べ物も受けつけなくなり、いよいよ覚悟《かくご》をした芭蕉は、十日の夜、遺言状《ゆいごんじょう》三通《さんつう》を、支考《しこう》に書きとらせ、兄半左衛門《はんざえもん》への一通を自らしたためました。

十一日の夕方《ゆうがた》、たまたま関西《かんさい》に来ていた江戸《えど》の其角《きかく》が、翁重病《おうじゅうびょう》のうわさを聞いてかけつけました。

「先生、どうなさいましたか。」

「おお、其角《きかく》さんか。江戸《えど》のあなたに会えようとは……。」

その日の夜。病床《びょうしょう》の芭蕉は、苦しい息《いき》の中から、弟子《でし》たちに言いました。

「こうしてわたしの命がつきようとしているのは、無念《むねん》ではあるが、あなたたちにこれまで、俳諧《はいかい》の心についてはじゅうぶん話してきたつもりだ。これからは一字一句《いちじいっく》も、わたしに相談《そうだん》はできない。めいめいがしっかり自分の俳諧《はいかい》を見きわめていくのだ。さあみんな、その覚悟《かくご》で一句《く》、詠《よ》んでごらん。」

芭蕉翁《ばしょうおう》に教えを受けた、その成果《せいか》を見ていただこうと、弟子《でし》たちはせいいっぱいに句《く》をひねりました。

其角《きかく》、去来《きょらい》、丈草《じょうそう》、惟然《いぜん》、支考《しこう》、正秀《まさひで》、木節《もくせつ》、乙州《おとくに》が、それぞれうかんだ句《く》をひろうしました。じっと聞いていた芭蕉は、

「丈草《じょうそう》、でかしたぞ。」

と、ぼそっと言いました。

芭蕉翁《ばしょうおう》の心にかない、丈草《じょうそう》が面目《めんぼく》をほどこしたのは、

うづ(ず)くまる薬《くすり》の下《もと》の寒さかな　　丈《じょう》草《そう》

（師《し》の枕《まくら》もとで、薬をにるやかんのそばにうずくまっていると、寒さがひとしお身にしみることだ。）季語・「寒さ」（冬）


という句《く》でした。

十月十二日はよく晴《は》れて、小春日和《こはるびより》のあたたかさに、芭蕉の病室《びょうしつ》をはえがとびまわりました。弟子《でし》たちは、竹にとりもちをぬって、座敷《ざしき》のあちこち、はえを追いかけました。はえとりのうまさは、俳句《はいく》のうでとは関係《かんけい》がないようです。

「なにごとにも、上手下手《じょうずへた》はあるものだ。」

と、芭蕉はつぶやいて、ほほえみました。

これが、弟子《でし》たちの聞いた、芭蕉の最後《さいご》の声となり、その日の午後《ごご》四時ごろ、芭蕉《ばしょう》・松尾宗房《まつおむねふさ》は、息《いき》をひきとりました。

五十一年の生涯《しょうがい》でした。

芭蕉が通った金沢《かざわ》の脇往還《わきおうかん》(脇道《わきみち》)
石の巻街道

元禄二年(一六八九年)の五月十二日(六月二十八日)松尾芭蕉と門人河合曽《そ》良《ら》の二人は平泉をめざして、いまにも雨の降り出しそうな曇り空を見上げながら戸今《といま》(宮城県登米《とめ》町)を出立しました。心配したとおり上沼新田《うわぬましんでん》(宮城県中田町)までくると、とうとう雨が降り出し、しだいに雨は強くなりました。それでも二人はがまんして歩き続けましたが、およそ二十四キロメートル位歩いたところの安久津《あくつ》(岩手県花泉町涌津《わくつ》)という宿駅でがまんができなくなって馬に乗ることにしました。親切な馬子《まご》は少しでも早く宿《やど》に泊れるようにと金沢《かざわ》(花泉町)という村はずれから近道をえらびました。その道はみんな山や坂ばかりの大変な道でした。二人はたいそうつかれていましたし、強い雨のため全身ずぶぬれになってしまいました。

日もやや暮れてきたので二人は一関《いちのせき》(岩手県一関市)という城下町で宿をとることにしました。平泉へはあと八キロメートルの所まできたのですが、何せ大雨です。動けません。やっと宿をみつけて泊ることができました。

いよいよ明日は平泉だ。そう思うと芭蕉も曽良も心が高ぶってきます。なかなか眠れません。平泉へ着いたらまず高館《たかだち》を訪ねよう。源義経《よしつね》や弁慶の闘いの跡です。この地は藤原一族が栄え、亡びたところでもあります。思うだけで胸がわくわくしてきます。

二人は明日の天気を心配しながらそんな思いで深い眠りについたのでした。

文と写真・伊勢善吉(一関市在住)

金沢《かざわ》までの道筋《みちすじ》は曽良《そら》日記によりたどることができます。ここから一関《いちのせき》へ出るのに、多くの人は奥州街道《おうしゅうかいどう》を通ったとしております。しかし、そのためには、二筋《ふたすじ》の河川《かせん》を渡らねばなりません。

最近《さいきん》、地元の見識者たちは、障害《しょうがい》が少くこの脇道を通ったのではないかなど考証展開中《こうしょうてんかいちゅう》です。

『芭蕉行脚の道』の碑の所在は、花泉町金沢字大平。通称〈五合田坂〉。碑の側面には、「曽良随行日記」の五月十二日の一節を彫り込んでいる。この道は、藩政時代の脇往還で一関と石巻を結ぶ主要街道であった。

芭蕉の名句《めいく》

（本文に出ている句《く》をのぞく）

櫓《ろ》の声《こえ》波をうつて腸《はらわた》氷《こお》る夜《よ》やなみだ

奈良《なら》七重《ななえ》七堂《しちどう》伽藍《がらん》八重《やえ》ざくら

馬に寝《ね》て残夢《ざんむ》月遠《とお》し茶《ちゃ》のけぶり

秋風や藪《やぶ》も畠《はたけ》も不破《ふわ》の関《せき》

狂句《きょうく》こがらしの身は竹斎《ちくさい》に似《に》たる哉《かな》

春なれや名もなき山の薄霞《うすがすみ》

つつじいけて其《そ》の陰《かげ》に干鱈《ひだら》さく女

よく見れば薺《なずな》花さく垣根《かきね》かな

月はやし梢《こずえ》は雨を持《も》ちながら

冬の日や馬上《ばじょう》に氷《こお》る影法師《かげぼうし》

何の木の花とはしらず匂《にお(い)》ひ哉《かな》

春の夜や籠《こも》り人《ど》ゆかし堂《どう》の隅《すみ》

雲雀《ひばり》より空にやすらふ《(ろう)》峠《とうげ》哉《かな》

ほろほろと山吹《やまぶき》ちるか滝《たき》の音

行《ゆ》く春にわかの浦《うら》にて追《お》ひ《(い)》付《つ》きたり
一つ脱《ぬ》いで 後《うしろ》に負《お》ひ《(い)》ぬ 衣《ころも》がへ《(え)》
草臥《くたび》れて宿《やど》かる比《ころ》や藤《ふじ》の花
かたつぶり角《つの》ふりわけよ須《す》磨《ま》明石《あかし》
蛸壺《たこつぼ》やはかなき夢《ゆめ》を夏の月
なつ来てもただ一《ひと》つ葉の一《ひと》つ哉《かな》
吹《ふ》きとばす石は浅《あさ》間《ま》の野分《のわき》かな
草の戸《と》も住《す》み替《か》は《(わ)》る代《よ》ぞひなの家
蚤虱《のみしらみ》馬の尿《ばり》する 枕《まくら》もと
一家《ひとつや》に遊女《ゆうじょ》もねたり萩《はぎ》と月
あかあかと日はつれなくも秋の風
むざんやな 甲《かぶと》の下《した》のきりぎりす
石山の石より白し秋の風
寂《さび》しさや須《す》磨《ま》にかちたる浜《はま》の秋

何《なに》に此《こ》の師《し》走《わす》の市《いち》にゆくからす
木《こ》のもとに汁《しる》も 鱠《なます》も 桜《さくら》かな
四方《しほう》より花吹《ふ》き入《い》れて鳰《にお》の海
先《ま》づ《(ず)》たのむ椎《しい》の木も有《あ》り夏木立《なつこだち》
うき我《われ》を淋《さび》しがらせよかんこどり
病雁《びょうがん》の夜《よ》さむに落《お》ちて旅《たび》ね哉《かな》
海士《あま》の屋《や》は小海老《こえび》にまじるいとどかな
乾鮭《からざけ》も空也《くうや》の痩《やせ》も寒《かん》の内《うち》
梅若菜《うめわかな》鞠子《まりこ》の 宿《しゅく》のとろろ汁《じる》
山里《やまざと》は万歳《まんざい》おそし梅《むめ》の花
ほととぎす大竹藪《おおたけやぶ》をもる月夜
名月や門《かど》にさし来《く》る潮《しお》がしら
物いへ《(え)》ば 唇《くちびる》寒《さむ》し秋の風
塩鯛《しおだい》の歯《は》ぐきも寒し魚《うお》の店《たな》

しら露《つゆ》もこぼさぬ萩《はぎ》のうねり哉《かな》
蓬莱《ほうらい》に聞《きか》ばや伊勢《いせ》の初便《はつだより》
八九間空《はっくけんそら》で雨ふるやなぎかな
麦《むぎ》の穂《ほ》を便《たよ》りにつかむ別《わか》れかな
さみだれの空吹《ふ》きおとせ大井川《おおいがわ》
六月《ろくがつ》や峰《みね》に雲置《お》くあらし山

清滝《きよたき》や波に散り込《こ》む青松葉《あおまつば》
ひやひやと壁《かべ》をふまへ《（え）》て昼寝《ひるね》かな
此《こ》の秋は何《なん》で年よる雲に鳥
白菊《しらぎく》の目にたてて見る塵《ちり》もなし

この本を書くにあたって、つぎの図書を参考にしました。

○復本一郎編『芭蕉の弟子たち』　雄山閣
○京都新聞社編『芭蕉　京・近江を往く』　京都新聞社
○猪野喜三郎著『写真芭蕉の旅路』　あかね書房
○今栄蔵・大内初夫・桜井武次郎著『芭蕉入門』　有斐閣
○白石悌三・乾裕幸編『芭蕉物語』　有斐閣
○小倉肇著　少年少女伝記読みもの『松尾芭蕉』　さ・え・ら書房
○井本農一編『芭蕉』　角川書店
○小宮豊隆監修　井本農一ほか著『校本芭蕉全集』全十巻　角川書店
○麻生磯次著『若き芭蕉』　新潮社
○麻生磯次著『芭蕉物語』(上)(中)(下)　新潮社
○加藤楸邨編　芭蕉の本2『詩人の生涯』　角川書店
○尾形仂編　芭蕉の本3『蕉風山脈』　角川書店

○竹内理三著『日本の歴史　6武士の登場』　中央公論社
○石井進著『日本の歴史　7鎌倉幕府』　中央公論社
○児玉幸多著『日本の歴史　16元禄時代』　中央公論社
○奈良本辰也著『日本の歴史　17町人の実力』　中央公論社
○井本農一ほか校注・訳　完訳日本の古典54『芭蕉句集』　小学館
○井本農一ほか校注・訳　完訳日本の古典55『芭蕉文集　去来抄』　小学館
○嶋岡晨著『松尾芭蕉　物語と史蹟をたずねて』　成美堂出版
○桜木俊晃著『芭蕉事典』　青蛙房
○山本健吉評釈『芭蕉名句集』　河出書房新社
○石川真弘編『蕉門俳人年譜集』　前田書店
○暉峻康隆著『芭蕉の俳諧』(上)(下)　中央公論社
○別冊太陽No16『俳句』(昭51・9)　平凡社
○別冊太陽No37『芭蕉　漂泊の詩人』(昭56・12)　平凡社
○『旺文社　古語辞典』　旺文社

○森本哲郎著（写真・笹川弘三）『おくのほそ道行』　平凡社
○実用特選シリーズ『奥の細道』　学習研究社
○今東光著（写真・葛西宗誠）『カメラ紀行　奥の細道』　淡交新社
○斉藤喜門著　ジュニア版古典文学13『奥の細道・芭蕉句集』　ポプラ社
○朝日新聞社編　朝日旅の百科『おくのほそ道』全二冊　朝日新聞社
○松原磐著　要所研究シリーズ『俳句新解（芭蕉・蕪村・一茶名句）』　新塔社
○宮本三郎・今栄蔵著『松尾芭蕉』　桜楓社
○中里富美雄著『芭蕉の門人たち』　渓声出版
○岡田利兵衛編『図説芭蕉』　角川書店

あとがき

芭蕉《ばしょう》の墓《はか》は、大津義仲寺《おおつぎちゅうじ》の木曽塚《きそづか》（木曽義仲《きそよしなか》の墓《はか》）のとなりにあります。芭蕉の遺言《ゆいごん》にしたがって、ここにほうむられたのです。

今年《ことし》は、『奥《おく》の細道《ほそみち》』の旅立ちから三百年ということで、芭蕉ブームになりました。

芭蕉はかなりの健脚《けんきゃく》でした。『奥《おく》の細道《ほそみち》』の旅でも、当時《とうじ》としては老人《ろうじん》だった、四十六歳《さい》の芭蕉が、一日に五十キロ歩いたりしているのです。これは曽良《そら》の『奥《おく》の細道随行日記《ほそみちずいこうにっき》』によってわかります。ということは、同行《どうこう》の曽良《そら》もそれだけ歩いたわけです。

そこで、

「芭蕉は忍者《にんじゃ》だったのだ、伊達藩《だてはん》の内情《ないじょう》をさぐるための旅だったのだ。」

「いや、芭蕉ではなく、曽良《そら》こそ公儀隠密《こうぎおんみつ》だったのだ。」

と、おだやかでない想像《そうぞう》をする人も出てきます。

それというのも、芭蕉が、伊賀流忍術《いがりゅうにんじゅつ》のふるさと・伊賀《いが》の出身《しゅっしん》だからです。

芭蕉ははたして、

「うん、なかなか鋭《するど》い。さすがは平成《へいせい》のお人じゃ。」

と言うでしょうか。それとも、

「いや、わしはただの俳諧師《はいかいし》じゃよ。健脚《けんきゃく》のひみつは、三里《さんり》にすえた灸《きゅう》じゃ。一粒《ひとつぶ》で二度《にど》きく、秘伝《ひでん》のもぐさでな。」

と言うでしょうか。

いま、俳句《はいく》を作る人をハイカーとよぶのだそうですが、若者《わかもの》たちもこの詩型《しけい》に関心《かんしん》を示《しめ》し、俳句《はいく》はたいへんな盛《も》りあがりを見せています。しかも、十七文字《もじ》とは思えない、すばらしく深い詩を追求《ついきゅう》しているのです。

俳句《はいく》が詩になりえたのは、ひとえに、俳聖《はいせい》・芭蕉のおかげです。かれがいち早く目覚《めざ》め、「おかしみ」をぬぐい去ってくれたおかげです。

芭蕉がしきりに旅をしたのは、いい俳句《はいく》を作るためであり、また、各地《かくち》の弟子《でし》たちと交《こう》流《りゅう》するためでもありました。

「蕉門十哲《しょうもんじってつ》」の宝井《たからい》（榎本《えのもと》）其角《きかく》・服部嵐雪《はっとりらんせつ》・向井去来《むかいきょらい》・各務支考《かがみしこう》・内藤丈草《ないとうじょうそう》・森川許六《もりかわきょりく》・志太野坡《しだやば》・立花北枝《たちばなほくし》・越智越人《おちえつじん》・杉山杉風《すぎやまさんぷう》をはじめとする、すぐれた弟子《でし》たちに支《ささ》えられて、芭蕉は大きく飛躍《ひやく》し、成長することができたのです。

江戸《えど》時代、芭蕉のあとには、天明《てんめい》のころに、宝井其角《たからいきかく》の流れから、与謝蕪村《よさぶそん》が出て俳諧《はいかい》をもりたて、文化《ぶんか》・文政《ぶんせい》のころに、山口素堂《やまぐちそどう》の流れから小林一茶《こばやしいっさ》が出て活躍《かつやく》します。

しかしその後《ご》は、月並俳句《つきなみはいく》となって、停滞《ていたい》します。

そんな俳句《はいく》に、新しい生命《せいめい》を与《あた》えたのが、明治《めいじ》の正岡子規《まさおかしき》でした。

全国に芭蕉の句碑《くひ》はかぞえきれないほどあります。文学者多しといえど、これだけたくさん文学碑《ぶんがくひ》が建《た》てられているのは、おそらく芭蕉翁《ばしょうおう》ひとりでしょう。その大きさのあかしです。

芭蕉の俳句《はいく》や『奥《おく》の細道《ほそみち》』は、ほんやくされて、外国にも紹介《しょうかい》されています。

そんな俳聖《はいせい》・芭蕉に、学生時代のわたしがひかれていったのは、わたしの誕生日《たんじょうび》、十月十二日が、芭蕉忌《ばしょうき》（時雨忌《しぐれき》）だと知ったからでした。

芭蕉の年譜《ねんぷ》や事跡《じせき》の細部《さいぶ》については、諸説《しょせつ》あって断定《だんてい》しかねるところもありますが、わたしなりの考えで、その中の一つ《ひと》を採用《さいよう》して「ものがたり」をつづったことを、お断《ことわ》りしておきます。

資料（148頁《ページ》）「芭蕉が通った金沢《かざわ》の脇往還《わきおうかん》（脇道《わきみち》）」は、岩手日報学芸部六岡《むつおか》氏のアドバイスにより、一関市の伊勢氏に提供して頂きました。芭蕉のあるいた道をたどって、地元の人々が、足で実感するおもしろい資料だと思います。

また、口絵カラーページは元校長先生たちの文化遺産をたずねる会「ブライフ」が、数年前から、研究と実地踏査を積み重ねた記録集より選んだものです。わかりやすい地図は、東京法令出版の御協力によります。多くの方のお力添えありがとうございました。

平成元年七月

楠木《くすのき》しげお

市町村合併による現在の地名

本文頁	行	本文掲載地名	2006 年 6 月の新表記
口絵 2	上	上野市西日南町	伊賀市上野西日南町
7	2	上野市	伊賀市
64	2	大和の国竹内	奈良県葛城市竹内
64	3	吉野郡	五條市
69	3	甲賀郡	甲賀市
78	10	鹿島郡	神栖市
81	14	渥美郡渥美町保美	田原市保美町
87	7	上野市西日南町	伊賀市上野西日南町
92	6	更級郡	千曲市
98	1	那須郡	大田原市
107	1	西磐井郡	一関市
116	2	由利郡	にかほ市
117	8	三島郡	長岡市
122	11	江沼郡	加賀市
124	4	桑名郡	桑名市
139	5	上野市	伊賀市
142	7	東区	中央区
148	上/5	宮城県登米町	登米市登米町
148	6	宮城県中田町	登米市中田町

江東区芭蕉記念館

〒135-0006　東京都江東区常盤１－６－３

TEL：03－3631－1448　Fax：03－3634－0986

芭蕉は、延宝８年（1680）それまでの宗匠生活を捨てて江戸日本橋から深川の草庵に移り住みました。そしてこの庵を拠点に新しい俳諧活動を展開し、多くの名句や『おくのほそ道』などの紀行文を残しています。この草庵は、門人から贈られた芭蕉の株が生い茂ったところから“芭蕉庵”と呼ばれ、芭蕉没後、武家屋敷内に取り込まれて保存されましたが、幕末から明治にかけて消失しました。

大正６年（1917）の大津波の後、常盤一丁目から「芭蕉遺愛の石の蛙」（伝）が出土し、同10年に東京府は、この地を「芭蕉翁古池の跡」と指定しました。

江東区はこのゆかりの地に、松尾芭蕉の業績を顕彰するため、昭和56年（1981）４月19日に芭蕉記念館、平成７年（1995）４月６日に隅田川と小名木川に隣接する地に同分館（常盤１－１－３）を開館しました。

当館は、真鍋儀十翁等が寄贈された芭蕉及び俳文学関係の資料を展示するとともに、文学活動の場を提供しています。

山寺芭蕉記念館

〒999-3301　山形県山形市山寺字南院4223

TEL：023－695－2221　Fax：023－695－2552

http://www 15. plala. or. jp/yama-basho-km/

山寺芭蕉記念館は平成元年（1989）に、山形市制施行100周年の記念事業として、芭蕉が「奥の細道」の旅で山寺を訪れてから300年目を記念して建設されました。主に、俳人・松尾芭蕉と門人の作品を収蔵・展示しています。収蔵品には他に、俳諧文学に関わるもの、狩野派絵画の美術資料、現代日本画などもあります。

また、数寄屋造りの研修棟を備え、茶室・研修室として利用できます。これらは、俳句大会・茶会などの会場になっている他、有料貸出しており、講演会・会議・茶道研修などでご利用いただけます。

文：楠木しげお（くすのき　しげお）本名・繁雄

1946年　徳島県生まれ。東京学芸大学国語科卒業。サトウハチロー門下の童謡詩人。児童文学作家。歌人。元都立高校教諭。『旅の人・芭蕉ものがたり』（銀の鈴社）は、初版（教育出版センター発行）で第37回産経児童出版文化賞推薦を受賞。『北原白秋ものがたり』、『サトウハチローものがたり』、『正岡子規ものがたり』、『若山牧水ものがたり』、『滝廉太郎ものがたり』、『平和をねがう「原爆の図」－丸木位里・俊夫妻－』、ジュニアポエムシリーズの『カワウソの帽子』と『まみちゃんのネコ』（ともに、銀の鈴社）、歌集『ミヤマごころ』（牧羊社）などの著書がある。
日本児童文芸家協会・日本児童文学者協会・日本童謡協会会員。

絵：小倉玲子（おぐられいこ）

1946年　広島に生まれる。東京芸術大学日本画大学院修了。
絵本制作、また、陶壁画も数点手がける。絵本に『るすばんできるかな』『7と3はなかよし』（JULA出版）、『ぽわ　ぽわん』（詩の絵本／尾上尚子詩／銀の鈴社）などがある。

NDC 916
楠木しげお　作
神奈川　銀の鈴社　2013
162P　21cm（旅の人　芭蕉ものがたり）

定価＝本体一二〇〇円＋税

ジュニア・ノンフィクション
旅の人　芭蕉ものがたり

一九八九年九月一五日　初版（教育出版センター）
二〇一三年五月一日　七刷
著　者――楠木しげお©
発行者――柴崎　聡・西野真由美
発　行――㈱銀の鈴社
http://www.ginsuzu.com
〒248-0005　神奈川県鎌倉市雪ノ下三-八-三三
電　話　0467（61）1930
FAX　0467（61）1931
〈落丁・乱丁本はおとりかえいたします。〉

ISBN978-4-87786-532-0　C8095

印刷・杜陵印刷　製本・渋谷文泉閣